不想留在原地，那就努力奔跑

容如雪 著

远方出版社

图书在版编目（CIP）数据

不想留在原地，那就努力奔跑 / 容如雪著 . -- 呼和浩特 : 远方出版社，2021.5
（心灵瑜伽系列）
ISBN 978-7-5555-1385-8

Ⅰ.①不… Ⅱ.①容… Ⅲ.①散文集—中国—当代 Ⅳ.① I267

中国版本图书馆 CIP 数据核字 (2021) 第 059634 号

不想留在原地，那就努力奔跑
BUXIANG LIU ZAI YUANDI NA JIU NULI BENPAO

著　　者	容如雪
责任编辑	武舒波
责任校对	武舒波
封面设计	鸿儒文轩
出版发行	远方出版社
社　　址	呼和浩特市乌兰察布东路 666 号　邮编 010010
电　　话	（0471）2236473 总编室　2236460 发行部
经　　销	新华书店
印　　刷	三河市华东印刷有限公司
开　　本	145mm×210mm　1/32
字　　数	150 千
印　　张	6.5
版　　次	2021 年 5 月第 1 版
印　　次	2021 年 5 月第 1 次印刷
标准书号	ISBN 978-7-5555-1385-8
定　　价	42.00 元

如发现印装质量问题，请与出版社联系调换

目录

梦想高跟鞋（代序） / 001

不想留在原地，那就努力奔跑 / 006

不吃读书的苦，那就等着吃生活的苦吧 / 014

有爱好的人与没有爱好的人有什么区别 / 026

当自己没法坚持追求梦想的时候，怎么办 / 035

时光教会我不轻信神话 / 041

克服人性的弱点，才能走上财富自由之路 / 051

不要做一味索取的人，要懂得付出才能赢 / 061

为什么会有"脑残粉" / 070

缺爱的女子是如何糟蹋一生的 / 080

离婚等于人生失败吗 / 089

怕什么孤独终老，一个人过有一个人过的精彩 / 099

远离有害的人，你才会拥有不一样的人生 / 105

为什么他越坏，我却越爱他 / 114

黏稠的爱会致命 / 126

不在冷暴力中爆发，就在冷暴力中死亡 / 136

当爱情成为消费品，就有了保质期 / 152

能够互相创造价值的关系，才叫人脉关系 / 160

婚姻是一场坚韧的修行 / 171

不要羡慕别人的烟花，那只是一时的灿烂 / 177

世上哪有那么多怀才不遇的人 / 187

精神空虚到底多有害 / 194

梦想高跟鞋（代序）

梦想可以无限大，也可以很小很小。当一个人没能力的时候，他的梦想可能是一箪食一豆羹；当他变得很强大的时候，就算拥有全世界，他仍然会不满足！

你还记得当初的梦想吗？那些梦想至今都实现了吗？有些当初的梦想，你也许觉得不重要了，把它遗落在风中，不会再捡起来看看。因为你认为，那已经不能再算是梦想了！

在我小的时候，我的梦想是得到一双漂亮的高跟鞋。可是现在我已经拥有过无数双高跟鞋，也弃去了无数双穿旧了的高跟鞋。鞋子对于我来说已经不是梦想，而是平常之物。世易时移，星斗转换。在经过风雨的捶打，岁月的消磨之后，谁又能够做到初心不变呢？

那是个普通的夏日周末，天空有些阴沉。我不知道丈夫为何偏偏挑选在这个周末回村看望父母，他的老家远在三十公里之外。

一路上阴沉沉的，我们一直担心大雨将至，但还是继续赶路。心存侥幸，希望赶在大雨落下来之前赶到家里。车轮快速地奔驰着，耳边风声呼呼。乌云在头顶追赶，雨脚在天边奔涌。但有些路段是山路，崎岖不平，摩托车颠簸得厉害，想快也难啊！

就快到老家村子的边上了，只要过了前面的这座小村子，后面就是丈夫老家所在的村子了。可滂沱大雨终于落下来了。我们未带雨具，现在，尽管家近在咫尺，可是被大雨阻隔，却仿佛远在天涯，我们只能下车避雨。

我们躲到邻村村边经过的小路旁一座新修的水泥楼房檐前。这座房子只修了一层，红砖裸露，连门窗都没有安装。这样的房子在农村比比皆是，很常见，属于半拉子工程。但房主大多数是迫不及待地住进去了，住进去若干年之后才又存到钱修建第二层和完成装修。

在我们躲雨的时候，房主人来了，一位村妇带着她四五岁的女儿，她们应该是从村子里的旧宅来到这边新房子的。毕竟我们借了人家的贵地躲雨，丈夫客气地与村妇打了招呼，那村妇就进去收拾她的新屋了。

村妇的女儿衣着陈旧，样子也并不鲜亮可人。因为下雨，她身上的衣服被打湿，脸蛋污迹斑驳。她在我面前突然蹲下身子，伸出脏兮兮的小手，开始抚摸着我的脚。我吓了一跳，她怎么摸起我的脚来了呢？我被她过分亲密的举动惊住了！

刚开始我并不知道她此举是何用意,我有点不知所措,然后我就听到她赞叹地说:"这鞋子真漂亮!"噢,我此时才恍然大悟,原来她是喜欢上我的高跟鞋了。

这是一双奶白色的高跟皮凉鞋。在我看来,这鞋子再普通不过,可我没想到这双普通的鞋子却引来了小女孩的青睐!

我并没有拒绝她的抚摸,对于一个农村小女孩的卑微渴望,我不忍拂了她的兴致,我不希望自己像落在眼前的豪雨,无情地浇灭她心中燃起的那点微弱的梦想之火,因为这梦想之火在我幼小的心灵里也曾燃起过!

当我知道她喜欢这鞋子之后,我还是明知故问:"你喜欢这双鞋子?"她使劲地点头并且"嗯"了一声,小脸上绽开了花一般的笑容。

我说:"那就让你妈妈给你买一双啊!"

她脸上的笑容立刻蔫了下来,说:"她不肯买的。"

我安慰她说:"那就等你长大之后会赚钱了,给自己买好多好多漂亮的鞋子啊!"

她脸上的笑容立刻又回来了,说:"嗯,等我长大以后,我一定要买好多好多漂亮的鞋子!"

她童稚的言语把我带回到我的童年,眼前这情景和我小时候的情景何其相似。我小时候,也曾渴望得到许多东西而不可得。我希望拥有漂亮的裙子,可是我没有;我想要一只粉红布娃娃,一样是得不到。有一次,母亲去赶集,她给妹妹买了一双粉红色的塑胶凉鞋,却不给我买任何东西。我对妹妹的鞋子垂涎欲滴，但那鞋子的码数却不合我的脚，即使鞋子小了，但我还是把我的脚硬挤进去。我把鞋子据为己有，但穿不多久鞋子就被我撑裂了。那时候我对鞋子的渴望并不比眼前的这位小女孩的渴望小啊！

小女孩的母亲见状，立即就阻止了女儿的行为。她呵斥："你别把人家的鞋子摸脏了，拿开你的脏手！"然后，那母亲笑着对我道歉："这小孩啊，真不懂事，弄脏你的鞋子了！对不起啊！"

我赶紧说："没关系的，你别骂她！"然后，小女孩被母亲拉走了。

如今，许多年过去，那小女孩也早已成年。现在的她，一定有能力给自己买漂亮的鞋子了！但她还记得那个雨天抚摸陌生人的鞋子的情景吗？她是否还记得她当初那些小小的梦想？

也许小女孩长大以后，就变成了如今的我！

当初一双鞋子就能让我欣喜若狂。如今锦衣满柜，我仍觉得少了最喜欢的那一件！小时候，我的梦想那么卑微，生活只要有一点点改善，都会让我满心欢喜，我那么容易满足。无需稀罕的宝物，就是平凡草木，也能够让我领悟生命的喜悦。可是欲望是伴随着人一天一天长大的，长大以后的我，心也变大了，变得不容易满足了！

人对物质的追求是无止境的，要适可而止。如果每天都不择手段地去追求利益的最大化，只会让自己活得越来越累，甚至有了生不如死的感觉。富人花天酒地、纸醉金迷，也会觉得不快乐，因为山外有山，天外有天，人外有人。人要减少贪婪的占有欲，才能让自己的内心平静下来。

明朝的洪应明在《菜根谭》中写道："心无物欲，即是秋空霁海；坐有琴书，便成石室丹丘。"意思是说：人的内心如果不被物欲所蒙蔽，心情就会像秋天的碧空和平静的大海那样明朗开阔；对于一个平日闲居无事的人来说，假如有琴有书相陪伴，就会生活得像神仙一般逍遥自在。

不忘初心，方得始终。我幡然醒悟，我要将初心好好地珍藏在心中，不让它因岁月的冲刷而斑驳失色！

不想留在原地，那就努力奔跑

一、一篇短文，记录友谊

以下这篇文章，就是我写她的：

《梁承欢》

梁承欢，我曾一度以为这就是她的真名。因为我推测有那种热情和速度码字的人，肯定是想出名想疯了的。她一定是唯恐天下人不知道自己的真名，所以就干脆用自己的真名来当笔名了，可后来才知道这真是她的笔名！

我和她相识在一个叫"兔子"的起点文友所组建的群里。那时候，群里聊得多热火朝天！现在早已冷却下来了，这一冷应该就是永远得冷下去了！再也不可能回复当年的盛况。仿佛历史上的某个朝代繁盛的年景，一旦衰落，就永远跌进历史的尘埃中，再也翻不过身来！

那时群里有"点亮太阳"。大大的太阳，发射着强大的光与热。大家每天热情高涨地码字和聊天。"兔子"也常来聊天。还有"混过""圣诞树"，还有许多铁了心要在起点成名的写手。现在他们都哪去了？他们都消失在茫茫的互联网大海中去了，怎么也打捞不起来了。

我刚来群里不大敢发言，一如现实生活中的我。眼睛只呆呆地看着屏幕上五彩缤纷的字体嗖嗖嗖地刷屏而去。等我弱弱地插上一句回应原先的那句话时，那句话早已消失在二万五千里之外了。看到梁承欢跟每一个人都聊得热乎，这个又是"哥"，那个又是"姐"的亲热劲儿啊，我简直羡慕得要死！我怎么就没有那样的魅力，那么讨人喜欢呢？我啊，无论是在网上或者是现实中，都拘谨得像个雏儿。

我想，现实中的她一定有颠倒众生的本事。后来，我暗暗地向她学习，每个人出现我都跟他们搭话，慢慢地我也成了群中的聊天活跃分子了。

后来有机会听到她的声音了，那声音真甜美！然后又看到她的照片，清新脱俗！但一直没有见过真人。我相信相见的机会一定是有的！到最后，我们真的在现实生活里见面了。嗯，这女子，天生丽质又有点狡黠。

后来发现她真的很癫狂。敲打键盘的速度癫狂，在虚拟中爱来爱去也很癫狂。就如她说的：如果自己不跌进爱里，又如何能够写出爱的文字。也许吧，沉浸在自己想象出来的爱情中，编织一个个玫瑰色的梦，先把自己陶醉了，也是一件非常浪漫的事。

她其实是极度需要别人的肯定和鼓励的，有时甚至是在索求表扬，非要你说出她的好来，她才不纠缠你。那种天真直率，令你于心不忍打击她，只好胡乱塞给她一连串的好话，她竟照单全收地领了去。她憋足了一股劲儿，非要在网上拼出一条血路来！想想，一个孤单的小女子在一条看不清前路的黑暗隧道中摸索，那是多么的寂寞和无助！没准儿根本摸不出那个光明万丈的隧道口，成名的五彩肥皂泡也会在瞬间就破灭了。她说自己善良而有点邪恶，邪恶我丝毫没有觉得，倒是觉得她的花痴病会时不时无伤大雅地发作一下。

我已经不去当初相识的网站几个月了,网站的登录名差点都忘记了。好在用了试错法,试了很多遍,终于把正确的登录名试出来了。可她还在网站坚守,而且还是一边上班一边码字,短短两个月又码字十几万。这样下去,哎,梁承欢啊!想不成名都难!

二、世上那么多工作,为什么她偏偏选择一份最难的

时间一晃,八九年的光阴过去了,但在起点码字的经历,恍如仍在昨日。这期间人事变迁,但我与梁承欢的友谊依旧。

我们在2008年末相识于起点中文网。那时我们碰巧一起加入了同一个写手QQ群。巧的是,我和她都是广东人,不同的是我写的是现实题材小说,她写的是言情小说。可惜那时我们俩都没有红,甚至没有拿过起点中文网的一分钱稿费。起点规定,稿费要超过一定的数额才能发放,而我们都没有达到那个标准。

在起点最受欢迎的作品是玄幻小说,还有奇幻、武侠、仙侠等等,种类繁多,但这些都不是我感兴趣写的,所以我注定没办法红起来,每个作者都是有自己的偏好和专长的,梁承欢也一样,她擅长的只是言情小说。

我有稳定的工作,而梁承欢没有,所以她比我写得更加

卖力，她憋足一股劲想在写作上闹出点名堂来。我们通常是熬夜写文，有时写high了，躺下之后，脑子仍然不停地构思情节，辗转反侧，难以入眠。

我是科班出身，但梁承欢只是业余选手，她是凭着自己的爱好走上写作这条崎岖小径的。在这里我并没有歧视她的意思，她对文学的勇气和坚持，反倒让我敬佩不已。

她喜欢上写作，是从她的第一份工作开始的。她的第一份工作是在香港的某个出版公司当打字员。那时候，香港的老一辈作家习惯于用笔来写作。所以他们写出来的作品，需要别人输入电脑，然后再排版、印刷。梁承欢就是干这个的，所以练就了飞快的打字技能。

在打字过程中，她遇到了香港著名女作家亦舒的作品。她不像别的打字员那样，像一台机器人似的机械地输入字符就可以了，她是一边打字，一边阅读作品内容，因此，她爱上了亦舒的小说。后来，她读完了亦舒所有的小说。这跟她后来尝试在起点写小说有莫大的关系。

结束了香港的工作后，她没有回到偏远的农村老家，而是选择在珠三角定居下来。她做过很多工作，都没赚到什么钱。谋生不易，她在起点写作的初衷是想靠此赚钱的。毕竟占据畅销书排行榜榜首的写手年入千万的事实，激励着无数的文学青年前赴后继。但谁都没想到，靠写作赚钱是如此艰难！

我在起点码字是兴趣多于赚钱，所以我写得比较慢，希望写出精品来。但靠写作成名真是太难了！在我写完一部小说之后,看到点击数寥寥可数,我就淡出了起点中文网。梁承欢比我坚持得更久,她写完了两三部言情小说,后来不断地开新坑(开新书),不停地断更(没写完),苟延残喘。

三、没有雨伞的女孩,就得拼命奔跑

既然写文赚不到钱,那要是去起点做编辑,能不能有一份相对高和稳定的收入?初听她这么说,我觉得她是异想天开。我劝她不要去当什么编辑,那是不可能的事,但她执意而为。看似不可能发生的事情,她却办成了。

梁承欢是很能聊天的,她混进了起点的编辑群,跟每个编辑都很熟络。她的目标是,通过审核过她作品的编辑,把她介绍到起点网当编辑。可是起点网对编辑的要求还是比较高的。

后来恰逢有个在起点干过的编辑辞职了,自己开了出版公司。她去应聘,便被录用了,于是她就在上海干起了编辑的工作。但是好景不长,那个公司由于资金少,作者资源也少,开业没几个月就倒闭了。梁承欢又失业了,但有了这段经历也算是混过上海出版界的人了。

再后来,她把北京的出版界也顺便混了。上海出版界的朋友把她介绍到北京去,可由于种种原因,试用期过了之后,她却没有被续聘。这样梁承欢又回到珠三角,仍在坚持写作,

艰难的生活也在磨炼她的意志。她跑遍了北京、上海，而我仍留在原地，哪都没去过。

梁承欢说，写作这工作，即使到了八十岁，还可以做。她是永远不会停止写作的，因为这是她的梦想，她的初心。但人不可以单凭梦想就能生存下来，为了维持生计，她在网上给别人写文案，去酒吧打工，身兼数职，但心中的理想从未放下。这些年，很多辛苦的工作她都做过，日子过得漂泊不定、颠沛流离。

她深知自己是一个没有雨伞的女孩，所以必须在大雨中拼命奔跑。如果不奔跑，就会留在原地，被大雨浇透。她年纪轻轻就离家，离开父母，在外独自奋斗，没有人脉，没有后台，一切都没有，只能靠自己。

她选择做常人认为更为艰难的事——写作，所以，即使她没有成功，也是值得敬重的。

命运之神不会亏待每一个努力付出的人。十年过去了，她在写作上终于有了一点成绩。2016年，梁承欢转型成功，不再写小说，而是写励志文。她以"梁欢欢"的笔名，出版了她今生的第一部作品——《每一个女神都活得很努力》，2018年她再次出版励志作品《活得漂亮》。

写作就像绣花，工多手熟，她写得越来越好了。虽然现在她也没能通过写作富裕起来，但她的写作能力已经被社会认可了。现在她出去找工作，已不再是酒吧、餐厅那种既辛苦又钱少还不稳定的工作，工作的档次变高了，她对工资的议价能力也变强了，这难道不是她明显的进步吗？现在她就职于珠三角某城的口腔医院，干的还是她的老本行——文案。她干得很好，常常得到公司高层的表扬。期待着她今后写出越来越多的好作品。继续奔跑吧，女神梁欢欢！

不吃读书的苦,那就等着吃生活的苦吧

今年 6 月 23 日,高考放榜了。我在微博上看到好友转的一篇长文,颇有感触,因为网上的这位"我"的经历和自己何其相似。文章是这样写的:

> 高考出分了。我想起了我的高考,感觉是后怕。为什么后怕?因为那年我如果没考上大学的话,此刻我应该就在廊坊的富士康的生产线上装配零件了。
> 我家在北京最偏远的农村。小学我上过复式班,所谓复式班,就是两个年级在同一个教室上同一节课,一个代课老师教好几科。到了初中,初中的历史老师能把课本里的"要挟"读成"要夹"。因

为穷，我买校服都要借钱。现在，我的小学同学绝大多数都在工厂干活，下班后就回到村子里，熟人社会，三点一线，他们过着这样的生活。而我现在的生活，虽说不上很好，但起码比他们的丰富多彩。

看完文章，我怀念起高三下半学期的那种努力奋斗，就是笃定的笔直向前的感觉。我能清晰地体会到自己的生命在跳动的感觉，真好！直到现在，我还羡慕那种感觉。现在恐怕再难有那样的努力了，或许以后还能有，但这十几年是没有的。

我小时候记忆力尚好，所以学习成绩还过得去。我上高中是不用交学费的，因为中考成绩好，学校减免了我的学费。进了高中，过起了寄宿生活。进入高中之后，我就彻底废了。谈恋爱、玩耍、搞一搞兄弟义气，这些都比上课重要。高三上半学期，甚至连数学课本都丢了，和哥们儿几个一起打架，家长被叫到学校教导处。那时，我应该是让所有人都失望了。

有一天周末回家，我妈见到我就哭了。从小到大，除了有一次在半夜走丢了，我妈没因为我哭过。那一刻我就觉醒了，我觉得那种感觉应该用这句话来形容——脑子一下子清晰了，理性能压制住荷尔蒙了。我能知道自己错了，能思考未来了，然后我就像变了一个人。

我制订了严格的学习计划。每天6点起床，借了个电子词典，站在还没开门的教学楼前背单词。等到教学楼开门，进去就开始了一天的学习。每天还要规定自己喝一袋牛奶，以补充营养。上课太困了，强撑着；课间趴在桌子上就睡，十分钟后神采奕奕。下晚自习回宿舍，我便打灯夜读与语文相关的课外书。

我的成绩进步很明显。有一天，历史科代表，一个有着老干部气质的女生，背着手走过来，摇头晃脑地对我说："你的历史成绩，最近上来得很快啊！"我看看她，没说话。

高考结束，我的成绩比北京的"一本"分数线高了10分左右第一志愿填报北工大，被录取了。后来几乎我所有的工作上的大转折，都与大学同学相关，所以上大学对我太重要了。

这段回忆很像是在吹牛，其实真的不是，在多年以后，我回看自己这段人生轨迹的时候，更多的是庆幸。

我想告诉后来者，尤其是那种一穷二白的孩子，没有背景没人给安排好前途的孩子：高考很重要，读书很重要，上大学很重要。所以如果你没考上，那就复读吧，直到考上为止。

人这一生，要有一段笃定竭尽全力的努力，就像新兵军训一样，谁都会记一辈子。所以就算我们错过了高等教育，也要找一个方向，去努力一把，为了身边的人，更是为了自己。

一、通过高考改变命运的人不在少数

转述完他的文章，现在来说一说我自己的经历吧，其实我的经历跟他的也蛮相似。

初中时，我成绩也不错。与他不同的是，我的家境并不差。升上高中之后，我的物理和化学成绩突然就不好了。我在初中时，物理成绩一般都在八十分以上，化学成绩一般不低于九十分。但是到了高中之后，遇到了一个很不喜欢的糟老头子物理老师。我的物理成绩变成了30分，因为我根本不想听物理老师讲课。他说话语速快，又含糊不清；语句跳跃，逻辑性差。听着听着，就不知所云了。听他的课实在是费劲，加上课程内容难度的加深，使我变得对物理一点也不感兴趣了。

本来我的兴趣就在文科，作文是我的强项，课外阅读也是我的爱好。凡是理科的科目我都没有多少兴趣。数学也是费了九牛二虎之力才能勉强及格，化学也是。这样一来，高中读理科是没有希望的，好在有文科可选。到了高二分文理科了，我立刻转身投进文科的怀抱里了。

刚步入高二的时候，爸爸看到我那样的成绩，不无担心，在教育局工作的他，有一天，兴冲冲地跑回来跟我说：

"女儿,我为你找到出路了,我去问过招生办主任,他说你这样的成绩,可以去读监狱管理的中专,那专业很冷门,没几个人知道,所以很少人报。但这份工作却是属于公安系统的,你能得到这份工作你的身份就是人民警察了,很不错的。"

去监狱工作!我一听,心里凉了半截,我的梦想是当美女作家的,这份跟罪犯打交道的工作,离我的理想有天渊之别啊!我这个弱女子,怎能搞定那些凶悍的罪犯呢?想想都怕。为了不去这种地方工作,无论如何我都要在学习上努力一把了。

步入高二以后,我的成绩进步很快,从高一的倒数几名上升到排在全班的中间位置。到了高三,每次月考,我的成绩都有进步。考得最好的就是正式高考那次。后来,我考上了一所师范学院的中文系本科班。虽然这个学校不算有多好,但那时的高考入学率是很低的。我从高一的倒数几名,到高三的顺数十几名,我也是拼尽了全力才取得这个成绩的。

高三下学期,我把所有的时间和精力都花在学习上了。那个夏天,我只穿一套"的确良"布料的衣裙,上衣是粉红色,裙子是蓝色。白天穿脏了,晚上换下来洗好,天一亮就晾干了,马上穿起来就去学校。

那年我拼尽全力读书,把眼睛都拼近视了。我老是觉得睡不够,困得很,晚自修回到家洗完澡,躺下马上就昏睡过去了。周六也是要上课的,平时已经没有什么空余的时间了,只能在每天下午上完课之后挤出一些时间来。

坐我前面的是林同学,她坐第一排,我坐第二排。林同学的同桌是我们班的女学霸苏同学,林同学跟我的成绩相差不远,比我好一点。我不敢跟苏同学比,我只敢跟和我成绩相当的林同学比。林同学也是很努力的,她在每天下午的课上完之后,还要留下来学习。下午两节课,下课时才4点10分,还有很长一段时间可以利用。

林同学每天学习到下午五六点才回家吃晚饭,吃完晚饭马上又来上自修。我坐在她的后面,暗暗地把她当作我的竞争目标,她学习多晚,我一定要比她晚一步才离开教室,她不走我也不走。我就这样死磕我自己,她也许不知道我把她当作我的假想敌。

有时候饥肠辘辘,饿得全身酥软,但我也不肯早走一步,我坚持不能破戒,一旦破戒,就前功尽弃,就这样耗着。教室里常常是这样的情景:其他同学一下课就差不多走完了,教室里只有我和林同学两个女生留下来继续埋头苦学,风雨无阻,雷打不动。我跟林同学的关系并不亲密,我们默默地在教室里学习,没有多余的一句话,也不互相讨论问题。

经过一个学期的奋斗,我的成绩进步飞快。特别是政治、语文、地理这三科,数学始终是我的短板,英语也是。按理说我语文学得好,英语也会学得好,因为这两门功课都是学语言的。其实不然,因为我语文学得好,习惯了中国语言的语法规则,在心底里始终无法适应英语的语法规则,所以无论我多么努力，英语成绩仍然是平平无奇。

语文我是不用怎么用力去学的，我自认为对语文有天赋，加上我已经读了很多课外书，所以用在语文课内的时间不需要很多，成绩也很好，其实在课外我用了不计其数的时间学习语文了，这样学起来不但不吃力，而且还很愉快。学习语文是不能急功近利的，看起来毫不相干的阅读，对语文学习也很有裨益的。

对我而言，高三的成功是立竿见影的。奋斗了短短一年，人生的境遇大为改观。在往后的人生路上，无论我多么努力，再也没有找到像在高三那样的成功感受了。那是一种一跃冲天的感觉，换做是那些考上名校的人，那种成功的感受应当是更强烈了。

我到现在都还非常怀念我高三那年的高考经历，在我今后的人生里，再难出现那样的成功逆袭了。今后我如果能够说是有点成绩，那都是由微小的成功一点一点积累而成的，再也找不到高考那次那样一飞冲天的成就感了。

对于人一辈子来讲，有过成功的经历很重要。无论你做的是哪一方面的事情，除了坏事，如果你成功了，对你这一辈子都有激励作用，对培养你的自信非常重要。今后，你就会相信自己是一个有能力的人，因为你在那么激烈的竞争中胜出了。

我建议，那些感觉自己在高考中没发挥好的人，选择复读吧。因为你放弃复读，就是放弃体验成功的机会了，可能你再努力尝试一把，成功的美好就在不远处等你。

二、榜样的力量是巨大的

我把我的高考成功经验分享给后来者，我的学生——小勇，也能够对小勇的高考成功起到帮助。小勇在农村一间初级中学毕业后，一向调皮捣蛋的他，以为自己根本考不上高中了，他一离开学校就去了珠三角打工。出乎意外，他接到了我校高中部发给他的入学通知，他的成绩刚好考入我校还多出几分。9月份开学之后，小勇放弃打工回来读高中了，他遇见了我，成了我的学生。我教他高一和高二的语文，高三我没有教他，但高三那年他还经常找我聊天。就是那些看似不经意的聊天切实地改变了小勇的人生方向，他听了我的高考故事，大受启发。

同样是高三最后一个学期，小勇的成绩进步很快，但是体重下降得也快。他的手腕瘦得可怕，我感觉我可以轻轻地把它折断。我也伸出手腕跟他比，我的手腕可以是他的两倍。他的家也不富裕，不能够每天有一袋牛奶补充体能，为了节省回家的公交车费，他决定跑步回家。路经别的村庄时，还被不认识他的狗追赶。

可喜的是小勇最终考上了广东工业大学的本科。毕业后，他留在广州创业，从事与数据有关的职业。小勇的人生从此改写，如果他中考考少了几分，没法进入我校，就会放弃读书，成为农民工中的一员了；如果小勇在高中没听到我的故事，他在高中期间可能也就不会那么刻苦努力地学习，也就考不上那么好的学校，也就没有机会早早创业，成为一个成功的创业者。小勇是我教育职业生涯的成功案例，教过的很多学生我都不记得了，唯独对他记忆犹新。

三、不愿吃学习的苦，却吃了生活的苦

这个世界上，能够吃下学习的苦的人毕竟不是大多数。

那些在工厂的流水线上打工的工人，大多数很年轻，有的刚满18岁，每天站在流水线前干着相同的工作，从早8点到晚8点。当他们被问到："为什么在本该上学的年龄出来打工？"时，除了一部分人是因为家境贫寒，出于无奈需要贴补家用，大多数人的回答是：上学太痛苦，不如打工赚钱来得容易。

打工赚钱真的容易吗？跟那些继续留在学校里读书的人相比，打工者赚钱来得容易，来得快只是短短几年时间。几年时间过后，等那些吃得了读书的苦的人毕业后，他们赚钱的能力就远远地超过了前者。

大多数人避开了读书的苦，是因为曾经在学习上遇到过挫折，于是内心暗示自己在这方面没有天赋。在后来的人生中再次遇到需要学习的地方，过往的经验让人第一反应是遵从生物的趋利避害的本能，将学习抛弃。

学习的苦，是枯燥的苦，是短期没有回报的苦，这种苦看得见，摸得着，那些自以为自己聪明的人，不愿吃这种苦。

生活的苦，是绝望的苦，是长期没有出路的苦，这种苦看不见，摸不着。那些对人生没有深刻认识的人，在不知不觉中就吃了这种苦。

生活的痛苦使人麻痹，学习的痛苦让人清醒。清醒着接受痛苦，这是人性不能忍受的。大多数情况下，人们受到生活的苦是被动的，久而久之会让人变"习惯"。被麻痹后，知道这样的煎熬一定会来，那等着应付就好了。

而学习的苦，是在于人要逼着自己开辟新的痛苦领域。人宁可习惯日复一日的痛苦，也不想被痛苦锤醒，是人想待在"舒适区"的惯性。

我有时候有空，会去帮亲戚接送他刚上小学一年级的孩子。那小孩在等我来接他的时候，就伏在学校的升旗台子上写作业，而他旁边的男同学就拿他的作业去抄。我很吃惊，这么小的孩子就已经学会抄袭作业了，他们的学业才刚刚开始啊，你能够指望在刚上小学一年级就开始抄袭作业的学生顺利读完高中吗？简直就是痴人说梦，随着年级的增长，他越抄就越笨，成绩也就越差，他自己也就越没有信心，便早早就想离开学校了。

万恶的抄作业，从一开始就害了自己，而他自己还以为自己聪明。因为他觉得自己用了最省力最不麻烦的一招就轻松搞定了作业。作业根本不是目的，目的是你有没有真正学会知识，作业还锻炼了你动手的能力。有些知识以为自己会了，其实根本没会，作业就可以检查出你到底有没有学会。

读书的苦只是前半生十几年的苦，而不读书的苦是一辈子的苦。在流水线上工作的工人，面对的是枯燥乏味的工作，工资低，劳动时间长，很多情况下还得不到应有的尊重。在如今房价高企的年代，打工者想买一套房子，在城市立足，那无异于痴人说梦。

即便艰难，学习仍是改变命运的最好方式。生活的平庸和琐碎会让人感到厌倦，能让这一切发生改变的最有效利器，是学习。没有选择吃学习的苦，在很大程度上会让人吃到更多生活上的苦。那么，不努力学习的人生会更好吗？

一位93岁的上海爷爷被人拍到和外国人对话，他发音标准、口齿清晰，面对镜头说，"stops learning is old, keeps learning stays young."（停止学习让人衰老，不断学习才能永葆青春）

多少人，还没到变老的年纪，就已经因为未老先衰的心，断了提升自己的路。学习的意义不止在于达成所谓生活品质的提升，它的价值在于给人更多本来想不到的可能。

学习的过程或许痛苦，但是选择主动接受学习中的苦，生活中的苦即便还在，意义也会变得不同。

如今的我，已经教了很多年的语文课，突然间我觉得一辈子都在教一门课实在是毫无新鲜感了。我要求学校安排历史课给我教，新的课程要求我努力备课才能讲好，我一边学习一边教，期间充满了新鲜感和挑战。我的头脑里每天都有新的知识在激荡，努力学习的感觉真好。

有爱好的人与没有爱好的人有什么区别

人一辈子始终保有自己的爱好,这太重要。年轻时,许多人都有着某种爱好,但随着时光的流逝,为了生存和发展,许多人再也拿不出时间来维持自己的爱好了。直到退休之后,才发现自己的生活多么百无聊赖,再也找不到生活的乐趣,只能麻木不仁地一天天过下去,了此残生。

一、有爱好与没爱好的人生,真的很不同

在日本的大阪市,有一个叫西田的老人,他生活清贫却也保有爱好,生活过得很有意义。西田 63 岁,在街上以捡拾铝罐为生。20 世纪 90 年代初,日本经济崩溃,许多高龄工

人失去工作，流离失所，无家可归，西田便是其中一员。

西田凌晨三四点钟起床，骑着一辆破旧的自行车，穿街过巷去收集垃圾堆里的铝罐，一直忙碌到早上10点钟。他能收集到5公斤的铝罐，然后拿到废品回收站去卖掉，能赚到8美元，这就是他一天的收入。

在日本，这点收入够他吃两顿饭。为了节省支出，他在超市里买隔夜的饭团来吃，在贩卖机上买一杯米酒来过过酒瘾。吃饱喝足之后，他就去图书馆阅读他感兴趣的书籍。他感兴趣的内容是星体和宇宙。日子过得虽然不是很体面，好在他对物质的需求不多，精神生活却是富足的，因为他有阅读的爱好相伴随。

而同样在日本另一个男人的故事，就说明了没有爱好，在退休之后会过得孤独和百无聊赖。高野在工作的42年里，所有的人际关系都是依靠公司建立的。他做销售，有几百张客户名片，他一直要维持与这些人的关系。他常去的地方就是各地娱乐场所，到处吃喝，业绩也非常出色可后果就是无暇顾及家庭，妻子离家出走了。

讽刺的是，家里没人之后，他觉得更没有必要回家了，销售成绩也变得更高。应酬吃喝是很伤身体的，最后他身体撑不住了，被公司调去了闲职。在50岁的时候，终于重回总公司，但已经干不动了。到了退休之后，他才发现，客户不再来往，而家庭也失去了。这就是日本人所说的"职场结束的断绝"。唯一会打来的电话，是劝他信教和捐款的电话。

这些人把毕生精力奉献给公司，而公司在他们退休之后就完全断绝与这些人联系了。他们虽然有丰厚的退休金，但很多家庭关系破裂，晚年独自一人，无依无靠。他们因为一辈子专注工作，缺少其他的社会交往，比如从未加入以个人兴趣为中心的组织，退休后也就缺乏把生活过得多姿多彩的能力了。

二、爱好最大的用处，是可以通过它培养自制力

你爱上了文学。表面上，你是浪费了很多时间去阅读文学作品，还花了很多钱去买文学书籍。如果你把这些时间和金钱用来赚钱的话，可能你会赚到许多钱。而你爱好文学，却无法靠文学养活自己，社会上能荣登"富豪榜"的作家毕竟是凤毛麟角。

文学虽然不能给你带来多少实际的收入，但是文学会加强对你行为的约束，你要坚持练习写作，要努力去发表作品，在文学的圈子里往上攀登。你永远也不满足，先是能够在本地的报刊上发表作品了，然后又期望着能够在省级刊物上发表作品。你的追求永无止境，天天都把业余时间花在读书写作上，最后虽然无法成为著名作家，但成了一位高雅的人，因为你没有把时间浪费在无聊的事情上。

所以，当某种事物真的成为你的爱好，你会有一项意外收获，就是成为了一个有自制力的人。这会实质性地影响你的其他事业，帮你重塑自我。

这个观点也能帮我们判断一下，什么才是一项真爱好。比如有人说，我的爱好是看视频和听音乐。如果你没事就煲剧，戴着耳机听音乐，这不是爱好，这是消遣。

爱好，不是你生命之外的东西，而是你费了多少力气把它变成你生命之内的东西。爱好，不是给你带来了多少次愉悦，而是你为它投入了多少次自我约束。

我绝对是个拥有真正爱好的人，而且我的爱好是从小就培养起来的，至今从未放弃过。读小学的时候，我就喜欢上了写作文。许多人视写作文如畏途，而我刚刚相反。文学方面的天赋，也许是天生的，但后天的努力也很重要。

读小学四五年级时，我的书包里就塞了几本厚厚的《唐诗宋词选集》，那是我爸爸买来供他自己阅读的书。我翻阅它们时，发现在我的语文课本中出现过的诗词，也出现在爸爸的《唐诗宋词选集》当中。这是我那时的"伟大"发现啊！同时，我还发现没有出现在我的课文中的唐诗宋词，很多我也可以看懂。在书中，我读懂了古代诗词的美，阅读的视野比同龄人拓展了许多，对文学的喜欢和理解也随着时间的流逝而越来越深入。

在乡间居住的青少年时代，我喜欢读书，也喜欢买书，买得最多的是小人书、作文选，还有杂志。我家的小人书多到可以拿来出租。

后来我家搬出县城居住了，我也升上了中学，我喜欢买的书变成了《散文》《散文选刊》《小小说》《小小说选刊》，每期必买。同龄人是怎样使用他们的零花钱的？我想他们一般是把零花钱用来买零食的。但零食对我来说没有多大的吸引力,我喜欢的是精神上的零食——文学刊物。

  我把零钱一分一分地存起来,存够了一期刊物的钱,就飞奔到报亭去买一期文学刊物来阅读。爱好最终所呈现出来的效果,不是一蹴而就、立竿见影,而是厚积薄发。我的文字第一次变成铅字是在我读高三的时候,我的一篇散文被发表在我校文学社办的报纸上,迎来了同学们羡慕的目光。第一次看到兴趣爱好化为成果,我那时的心情是振奋的。

  高考填志愿的时候,我把志愿全部献给了中文系,可谓一颗丹心向文学!那时我真诚地怀着对文学执着的热情,头脑里只有一根筋。最后,我只是考进了师范院校的中文系,我不满足啊!心中充满了遗憾。人都是得陇望蜀的!此时我已经忘记了高考之前的信心不足,高考之前我连考上大专都没有十足的把握,等录取通知发下来以后,我能够进师范院校了,我却心生不满。我想进综合性大学的中文系啊!进名校,那才令我满意,但我的成绩不济!

  转而看我的同学,他们可没我那样一根筋,他们不会凭爱好选择职业。他们不是选择金融,就是选择财税等热门的经济类专业。毕业以后,他们纷纷走进了银行和税局工作,而我黯然地走进学校执起了教鞭。教师的收入微薄,好在闲暇时间较多,能将更多的精力投入于我的爱好。既然喜欢文学,现在又能以教语文为生,那还有啥遗憾的呢?应该知足了!但当初的我并未知足。随着时光老去,许多年以后,我才懂得珍惜这份能够带给我宁静生活的职业。

三、爱好贵在坚持

培养一种爱好并不难,难的是数十年来,一直没有放弃自己的爱好。以我为例,我几十年来都是刻意保持对文学方面的爱好。现在有种说法叫"一万小时"理论——只要你在某个领域投入过一万小时,你就会成为那个领域的专家。我在文学方面的投入,肯定不少于一万小时了,十万小时恐怕也远远超过了。我已经出版了两本散文集,这算是在文学上有一点小成绩了!

以上引用一万小时的理论来谈论兴趣爱好,也许不恰当。一万小时理论可能更适合于训练某种技巧。因为对待爱好,不能以经济学的眼光来看待,不能以投入时间成本多少,产出实际利润多少来计算。因为对爱好的投入是不惜时间的,而产出的价值也是不对等的。之所以执着,仅仅是因为它是兴趣所在而已。喜欢它是无目的而愉快的,这才是真爱啊!

我参加工作时正是互联网在中国刚刚兴起的时候,那时我的家乡湛江市就已经有一个很出名的网站了,叫作"碧海银沙"(1998年,碧海银沙被评为中国十大网站),其上有个文学栏目叫作"且听风吟",聚集了全国各地的许多文学爱好者(那时候还没有起点中文网)。

"且听风吟"栏目每天更新文章很快。文章内容丰富多彩，由于文章更新太多太快，读不过来，所以一般是选择网站推荐的文章来读。被网站推荐出来的文章，当然是质量最好的文章了。还记得，我有过一篇文章被网站推荐为优秀文章。

网站曾经很辉煌，但现在已是风光不再。令人遗憾的是"碧海银沙"网站于 2017 年 9 月 27 日全面停止运营，不再开启访问服务。当年，我在"且听风吟"上发表了上百篇散文。在那上面发文章是没有稿费的，但我热情不减，持之以恒地在其上写文章。"且听风吟"上记载着我的青春记忆，我的梦想，还有我的喜怒哀乐。

我一有空就上"且听风吟"看我文章的阅读量。说实话，阅读量少得可怜。毕竟我写的是散文，而不是情节曲折离奇，故事引人入胜的小说，那时候我还没有写长篇小说的功力。散文毕竟是小打小闹，要在文学上有所成就，最终还得写长篇小说。到最后，网站也关闭了，可我的文学之梦仍在坚持。

多年过去，很多的记忆差不多都已经模糊了。恍然回首，不知不觉中，原来我已经坚持文学这个爱好这么久了。

2008 年冬天，我的写作方向变了，开始主攻小说。我转到"起点中文网"上写稿。在一个作者群里，我认识了许多文友，我们在文学这条泥泞的道路上互相扶持、鼓励，一同前行。

靠码字发达的人，并不是没有，但我在网上认识的这一批人当中，凭着码字一炮而红的人，到现在还没有出现。这就说明码字这条路的艰辛,并不太适合于谋生。它对于大多数人来讲只能是一条兴趣之路。好在我有稳定的职业作为支撑,这条兴趣之路才能坚持走到现在。否则,我也可能早已经放弃了。

有了漫长的坚持,我在2012年出版了散文集《陌上繁花》,2018年又出版了散文集《去赴一场烂漫的花事》。这两本书的出版,算是我这些年来坚持文学梦的一个小总结!后来,我加入了湛江市作家协会,但我觉得自己在文学上的努力还远远不够,我还要在长篇小说、历史题材作品等其他方面有所作为,文学梦我还要坚持做下去。

从前我很自卑,造成自卑的原因并不是单一的,但其中最重要的原因是我内向的性格。我比较拘谨,在陌生人面前从不敢大声说话,更不敢哈哈大笑,非常自卑。我只能在熟悉的闺蜜小圈子内才能滔滔不绝地说话。

我性格内向安静,也自然无法引起异性的追逐,连一场浪漫的恋爱都没有,这让我更加自卑!

年轻时没能拥有自信,现在在工作上的成绩,在文学上的坚持,却使我自信百倍,我不再自卑。

我经过漫长的努力,在本职工作上,被评为高级教师;在写作上也有了一定的成绩;在为社会服务上,我当选为本地的政协委员。时装、包包、鲜花、房子,所有的一切,我都有能力买给自己。我坚持不懈地学习,充实大脑,成为知识渊博的女性。这时的我,还需要自卑吗?

爱好让我像一朵白莲花,在时光中慢慢绽放,而不是一朝打开，倏然凋零。坚持让我散发属于自己的一缕缕清香，近闻不觉，但远闻却感到暗香浮动。虽然时光老去，但我并不畏惧！

当自己没法坚持追求梦想的时候，怎么办

最近，我在法国著名科幻小说家儒勒·凡尔纳的作品《神秘岛》中读到一句话："我无需希望便能行动，无需胜利便能坚持。"

乍一看，这句话给人的第一感觉是在吹牛，令人不敢相信。因为一个人居然完全不靠外界的反馈，就能自主行动，而且方向还不迷失，这是何等了不起的境界。

现代心理学认为，人需要希望才能正常生活，需要不断获得正向反馈，才能下定决心并且付之行动去完成一件很难的事情。

我们都是普通人，做不到"无需希望便能行动，无需胜利便能坚持"，那怎么办呢？那就反过来做吧！如果发现自己没法行动，最重要的不是催促自己去行动，而是去找

到希望。如果发现自己很难坚持一件事，最重要的其实不是增强毅力、逼迫自己，而是赶紧去获取一场胜利来激励自己。

一、我的第一本书很幸运地出版了

2012年，我出版了自己的第一本散文集《陌上繁花》。之后算是一次小小的胜利才鼓励我坚持下来。

这本散文集的出版，是我在网上看到有一家出版公司征稿，我投稿过去，他们采纳的。但是他们要求是无稿费出版。我想，这是我的第一本书，即使无稿费我也愿意出，我跟他们公司签约了。爱好写作的人是很重视出书的，只有出书才是对自己写作价值的肯定。自己写出来的东西需要有人需要，才能坚持去写；如果没有人看，那还写来干什么？

在冷门的题材上写作，你能制造出多大的轰动效应呢？这是个信息爆炸的时代，智能手机已经是人手一部了。各种各样吸人眼球的信息层出不穷，还有多少人看散文集呢？连小说都快没人看了吧！选择坚持做没有市场看不到希望的事情。为什么呢？如果不坚持，难道我就此放弃自己已经坚持了多年的文学梦？我反问自己。

文友劝我，散文没有市场就转型吧！转去写小说或者励志书啊！遗憾的是我转型也没有成功，早在十年前我就写了一部三十万字的现实题材小说放在"起点中文网"上，反应平平，或者可以说毫无反应。我的文风与网络文学的风格不符合。起点中文网上，最红的作品是玄幻小说，而我的作品是现实题材的小说，所以怎么也红不起来。而对于玄幻小说，我是不感冒的。文学之路真的很难坚持啊！因为没有胜利鼓励我继续前行。

出书对我的激励作用是很大的，我投稿一年之后，左盼右盼，书终于出来了。等书出来的期间，我还老是担心对方会无缘无故终止出书计划，导致我空欢喜一场呢！即使无一分钱稿费，我也很开心，因为我觉得不枉今生了，我终于是一个出过书的人了！这世间有上百亿人，有多少人是出过书的？短暂的兴奋过后，一切又归于平静，一切都好像没有发生过一样。我还是普普通通的一个人，没有因此而名声大噪！生活该怎么样过还是怎么样过！

二、坚持，可以化腐朽为神奇

在写作上固步不前，写作成了鸡肋，食之无味弃之可惜！难道我真的要就此放弃了吗？这可是我坚持了半辈子的爱好啊！不能放弃啊！我在心里暗暗下定决心，无论这条路多难走，我也要坚持走下去。作为一个写作者，我现在还籍籍无名，我还没有像样的作品可以拿出手来。成长就是在不断地寻求社会认同的过程中确立自己的社会地位。辛辛苦苦写作，虽然我得到的不多，但是这见证我的个人成长。我在奋斗的过程中成长了，这就是可贵的胜利。

儒勒·凡尔纳当年投稿也经历过无数次退稿，但他坚持下来了，终于走向成功。1863年冬天的一个上午，凡尔纳刚吃过早饭，正准备到邮局去。突然听到一阵敲门声，他开门一看，原来门外是一个邮递员。邮递员把一包鼓囊囊的邮件递到了凡尔纳的手里。一看到这样的邮件，凡尔纳就预感不妙，自从他几个月前把他的第一部科幻小说《气球上的五星期》寄到各出版社后，已经第十四次收到这样的邮件了。

他怀着忐忑不安的心情拆开一看，上面写道："凡尔纳先生：书稿经我们审读后，不拟出版，特此奉还。"每看到这样一封封退稿信，凡尔纳内心都是一阵绞痛。这次是第十五次了，书稿还是未被采用。凡尔纳此时已深知，那些出版社的"老爷"们是如何看不起无名作者的。他愤怒地发誓，从此再也不写了。

他拿起手稿向壁炉走去，准备把稿子付之一炬。他妻子赶过来，一把抢过书稿紧紧抱在怀里。此时的凡尔纳余怒未息，说什么也要把稿子烧掉。

妻子急中生智，以满怀关切的语言安慰丈夫，"亲爱的，不要灰心，再试一次吧，也许这次能交上好运的。"听了这句话以后，凡尔纳那只夺书稿的手，慢慢放下了。他沉默了好一会儿，然后接受了妻子的劝告，又抱起这一大包书稿到第十六家出版社去碰运气。

这次没有落空，审阅完书稿后，这家出版社立即决定出版此书，并与凡尔纳签订了 20 年的出书合同。如果没有他妻子的疏导，没有"再努力一次"的勇气，我们也许根本无法读到凡尔纳笔下那些脍炙人口的科幻故事，人类就会失去一份极其珍贵的精神财富。

坚持是一种毅力，一种意志，更是一种品质，一种精神力量。它可以化渺小为伟大，化平庸为神奇。

坚持是一种可贵的品质，但是坚持错了方向呢，或者根本没有办法坚持下去呢，又该怎么办？那就赶紧来一场胜利吧！让胜利鼓励自己再次出发！

三、我需要再出一本书来鼓励自己

2018 年初，我决定把自己已经写了五年，一直压在抽屉底发霉的第二本散文集稿子拿来自费出版了，我不能再等下去了，我急需再来一场胜利来鼓励自己。免费出版虽然可以省钱，但是这样的机会可遇不可求，而自费出版则是自己可控的。这一次出版的散文集的封面设计、装帧都很精美，纸质也是最好的。虽然花了一定数量的钱，但也不是我不可以接受的。这一次出版终于顺利地完成了，从投稿到出版只是花了半年的时间，既快又好，而且我不用负责销售。这样我就有两本书出版了，终于可以打破那个可怜巴巴的"一"字，变成"二"字了。在文学上的成就我还很匮乏，但是这足以鼓励我再次出发，走向更大的成功。

  如果你在你自己坚持的领域里坚持不下去了，那就赶紧来一场胜利来鼓励自己吧，无论这场胜利是水到渠成形成的，还是你刻意制造出来的！

时光教会我不轻信神话

我们都向往财富自由，用各种手段理财，但是我们一不小心就会落入别人设置好的"钓愚"圈套中。有一种方法能有效地让你离财富自由更近一点，那就是少交或不交愚人税。那么，怎么样才能做到少交或不交愚人税呢？那就是让我们身上多一点对钓愚手段觉察的能力，去掉身上对这类信息的受体，让钓愚手段失灵，不要因为在自以为得计当中获得的占便宜快感而付出高昂的成本，这是一种有效的理财手段，也是一种可取的人生态度。

一、直销金字塔在数学上是可行的，
　　但在生活中却是不成立的

　　当今社会，很多行业本身就是在"钓愚"，尤其是直销保健品行业。你就算能躲得过淋雨，也躲不过被直销（传销）愚！如今直销行业无孔不入，无处不在，直销企业方生方死，真是"城头变幻大王旗，你方唱罢我登台"，产品不断推陈出新，换个包装，换个企业名称又出来骗人，稍不留神就会上当受骗。

　　保健品的成分里一般有你可能听说过的概念，用一堆陌生而拗口的词汇把这个概念包装之后，你会感到这是一种新鲜的、前沿的、非常有技术含量的概念，你就乐于为这样的一个概念去买单了。太聪明的和太愚蠢的人都不是保健品行业的目标客户，只有那些智商不低，认为自己的知识面很广、懂得很多名词、每天摄取的信息量比较多的人才容易中招。

　　大约是十年前，有同学发展我加入某著名美国直销企业，热情地邀我去听课。我那时的确是不想加入其中，我之所以答应去听课，因为我是个不懂得拒绝的人，我最怕的是别人扫兴，而不是自己难受。不懂拒绝别人的人，只有处处为难死自己。

　　这家直销企业是行业中的老大，现在，就连这家直销企业的名称都由名词变成了动词，变成"推销"的同义词了。企业名称由名词变为动词的这个变化，表现了社会大众对这家企业业绩的肯定和赞扬，还是对这家企业经营模式的讽刺呢？我认为是后者。

当年，主办方为了拉人头发展下线，租了最豪华的宾馆，大张旗鼓、虚张声势地大力做宣传。扩音器里传出一阵阵的锣鼓齐鸣，那些代表着"成功"的讲师们出场了，宽敞的会场里随即响起一阵阵雷动的掌声，他们走过长长的红地毯，像明星那样昂首挺胸登上讲坛，介绍自己的成功经验，仿佛登上了人生的巅峰。

在万众瞩目之下，他们滔滔不绝地吹嘘着自己的传奇故事，迷惑着那些渴望金钱的后来者。据他们讲述，他们当中有人是财政中专学校的教师，为了做这家企业的产品代理，不惜夫妻双双从财经中专学校辞职出来做。

有个人是胆小如鼠甚至是有社交恐惧症的家庭主妇，为了推销产品，每次出门都提着一小袋垃圾，假装出门倒垃圾，目的是制造在楼道里、小区里与邻居偶遇的机会，逼着自己跟邻居们推销产品。经过这样的努力，她不但克服了社交恐惧症，直销事业也越做越成功，目前已经登上了金字塔的顶端。她用自己来做例子，鼓励听课者勇敢地走出去，连她这样的最普通的家庭主妇（没有任何的优势，没有任何特长的人）都能成功，还有哪个是不能成功的呢？

只要你能做到放下羞耻之心，大胆地走出去推销，就一定能够成功登顶。你一旦建立起一个庞大而稳定的下级组织，以后就可以躺着赚钱了，以后金钱就会源源不断地涌来，而且你还可以把自己的账号传给后代，后代也可以躺赚了。直销组织所构建的金字塔结构，在数学上是成立的，但在现实生活中是不成立的。因为这样的金字塔结构很脆弱，随建随倒，所以直销组织才需要不断地拉人头进来，否则他们的金字塔就会分崩离析。

当年的我也是一个有着社交恐惧症的人，我觉得自己最不能从事的就是销售这种行业。我当时还未具有识破这个骗局的知识，对那个成功的家庭主妇还是羡慕不已的。

但无论他们怎么鼓吹，我都没有成功地战胜自己的弱点，成功地走出去推销，我一个下线也没有发展起来。只是自己买了一次产品，后来就没有再买第二次。

我没有陷进去，更重要的原因是我有份稳定体面的工作，没有谋生的忧虑，没有急迫的赚钱需求。没有那种紧迫，我对金钱的渴望也没有那么大，我还是愿意留在自己的舒适区。

也许是我读的圣贤书太多，内心有着强大的耻辱感，克制着我没办法从事这种行业。"不义而富且贵，于我如浮云"。其实，就算我有急迫的赚钱需要，我也是赚不到钱的。"钱不入急门"这句话是说，你越想赚快钱，你越赚不到，反而更容易被骗。

这群人为了推销成功，真是无所不用其极，甚至有人为了说明他们的洗洁精无毒安全，会当众喝下洗洁精作为示范。

有时他们为了推销保健品，会把保健品说得非常神奇。

别人都没有办法治好的病，他们的保健品都有效果。癌症、糖尿病、三高、甲亢、不孕不育、脱发，不管是什么病，都可以服用他们的保健品。如果服用一段时没有效果，他们就要求患者加大剂量。

直销组织在中国掀起了一波又一波的巨浪，严重地毒化我们的营商环境，把人心也变坏了。

二、无论直销企业的名称怎么变，它们的本质都没有变

今年3月18日"新浪财经"网登载了一篇题为《女子感冒不就医光喝"XX"果汁离世，一年多次发烧称排毒》的文章，曝光了直销保健品行业的乱象。

苏伟（化名）的妻子林丽（化名）因为肺部严重感染抢救无效死亡。此前，林丽感冒数天，高烧数天，但却始终没去医院看病，也没有吃任何药物，而是喝着果汁、吃着保健品，任由发烧。苏伟说："她说她的老师说这是身体在排毒"。林丽认为发烧是好事，所以不去就医。林丽喝的果汁、吃的保健品都来源于一家有名的美国直销企业——"XX"，而林丽自己也是该企业的直销员。

2015年，林丽生了孩子之后就一直在家休养。大概2016年的时候，林丽和朋友出去吃饭，认识了一名该直销企业的导师，在导师的游说下，林丽加入了该直销企业。然后

林丽就一直在努力说服父母和姐姐以及朋友们和她一起做。她真的是完全相信了导师所宣讲的那些理念，那就是：我是有爱的，我是在帮助你。

于是周围的朋友在林丽的影响下，也开始尝试接触XX产品，但都没有林丽那么执着。最离谱的是，后来林丽把XX产品当早餐吃了，每天早上16粒胶囊，一大一小两包固体饮料。

林丽出事后，在找到的一堂分享课的视频中，导师们在课上分享了他们自己使用XX产品为家人治病的过程，并一再强调，这些病都是用XX产品治好的。"我们是用爱来做事业，不是推销产品，我们是在帮助人"。"癌症是不治之症，医院治不好。这边能治好，为什么不试试？"在这堂分享课中，导师宋某特别提到了发烧。在她的教导中，发烧是好事，"因为发烧是人体免疫力清除有害物体的信号，当高温时细菌无法复制，并丧失繁殖能力时，是人体杀灭病毒的最佳时机。发烧还可以清除骨骼中的毒素，加快代谢，将毒素转为能量"。

宋某还说，传统医生用抗生素治疗，长期使用抗生素会有很多副作用，使人体免疫力下降，没有抵抗能力。面对发烧，需要大量补充水分、果汁、维生素矿物质等，而XX产品恰好能满足这些要求。按照宋某所讲的逻辑，去医院治疗发烧，会引发严重的后果，那么正确的方式是吃XX产品，要翻倍地吃。

最后，权威律师认为：林丽发现自己生病却坚持不去医院，只听从导师所谓的发烧为排毒的说法，耽误医治，最终导致悲剧的发生，导师的行为构成虚假宣传。

虽然直销保健品行业已经是恶名昭著，但是上当受骗的人依然前赴后继。人们需要培养甄别信息的能力，才能保持清醒的头脑，不上医疗骗子的当。

三、那么，靠谱的信息是什么样子的

很多人宁愿相信医疗骗子也不相信医生，是因为医生通常不会对患者说那种包医百病的大话。医生在给患者提供治疗方案的时候，会给出几种治疗方案，供患者自己选择。而且医生对每一种方案都详细地说明它的优缺点，不会有一种特别完美的方案。

医生的表述方式是非常不干脆的。但是，这也是严谨的、负责任的表达方式。医生讲的每一条信息，都是严格地限定了边界条件。所以靠谱的信息是缓慢地来到你的面前的，它只能解决你局部的问题，而不是大包大揽，一下子把你的问题全部都给解决掉了，所以它也是克制的。任何一种药物，或者治疗方案都不可能是灵丹妙药包医百病，它有自己的边界，它知道自己不能解决所有的问题。

而不靠谱的信息就是那种全是用肯定的信息，带着夸张表情的信息。

现代的知识太丰富，任何一个人都做不到掌握全部知识。现代社会的首要特征就是精细化分工。分工越精细，经济越发达。

那怎么做到精细化分工呢？其中一个必要条件就是，让整个社会的信息在社会的各个层面上，都得到充分地流动，被全社会看到。这样，达成分工和协作就更方便。现代知识体系，会发展出大量的激励制度，比如专利申请、科技奖项、论文发表、学术会议、职称评审。这些激励机制的目的是什么？就是让好的想法，在萌芽状态里就被提早看到。所以在现代社会，如果真的有一项绝活，有一样祖传秘方，是藏不住的，它会早就被引诱出来了。

现在要研发一款新的癌症药物，平均需要七八年的时间，要耗费数以亿计的研发经费。药厂怎么确保自己能把这笔钱赚回来呢？难道研发出药之后还要一个一个地向患者推销吗？那是不行的，那等于是把自己扔进不确定性的汪洋大海。那怎么办呢？

药厂的第一个想法，一定是要让新研发出来的药物进入到医疗保险可以报销的药品名单中。因为癌症药物的费用百分之七八十的部分，甚至更多，都是政府或者商业医疗保险机构来买单的，他们才是真正的支付方，患者只需要支付很少的钱就可以吃到药了。所以，药厂想要挣钱，必须千方百计地通过医疗保险机构的审核，然后进名单，这样它们才能拿到确定的利润。

那怎么进这张名单？当然是努力地说服这些机构的专家。开各种各样的说明会，充分地说明这种药，利用一切场合宣传药物。在这个过程中，虽然有专利制度来保护他们的知识产权，但他们根本不怕泄密，这样那还有什么秘密可言？他们想方设法将自己药品优势告诉专家。信息就是这样充分地流动了，而且这些信息还经过严格的考验，就不可能掺假了。

再反过来看那些什么祖传秘方、保健品。如果真的有效，他们为什么不去挣这种确定性的钱，而是非要在民间挣那些不确定的钱？如果保健品真的功能强大，能治好一切疑难杂症，为什么不光明正大地放在超市货架上去卖，而是在民间费那么大劲来拉人头搞直销呢？放到超市的货架上多省事啊！

所以，在现代分工社会里，不太会有突然亮出来的绝招，也不会有突然冒出的好消息。

现代知识的生产，不是比谁聪明，谁就能做出成果。这和牛顿、爱因斯坦的时代完全不同。现代知识生产，是嵌入在社会协作网络里的，分工细密，耗资巨大，个体的作用其实非常有限。

所以现代社会的任何一项大的课题，都是投资巨大，有很多人参与。既然有很多人参与，就不可能是秘密。一两百年前，法拉第弄出电磁圈，那确实可以保密。但今天中国搞量子实验，取得了什么成果，遇到了什么瓶颈，全世界都知道，没有什么惊喜和秘密可言。

人类的任何知识进步，都是渐进的，不可能是一夜之间降临的。

比如说治疗癌症的免疫疗法，获得了 2018 年诺贝尔医学奖。但是获奖的这个成果，从提出到验证，花了多长时间？

花了整整 100 年。

现在的科技，不只是医疗，都是"系出名门"，不可能是横空出世的。它一定是好多年前就在实验室里了，然后经过产业界多年的研发，才能够变成一个可以使用的产品。只要你对科技前沿有足够的了解，你会发现，这个世界一点惊喜都没有。这就是现代社会大规模精细化分工带来的结果。

在大规模精细化分工的现代社会，其实没有什么奇迹。

克服人性的弱点，才能走上财富自由之路

我不喜欢赌博。楼下邻居家夜夜麻将声声入耳，也吸引不了我。赌博是从不确定的结果中获利，难以掌控的获利方式不是我喜欢的。我也不喜欢买彩票，楼下不远处就有彩票店，我从不涉足。我深知自己没有中彩票的命。即使中了彩票又如何呢？结局还不是空欢喜一场？因为钱财来得快，去得也快。

突然有一大笔钱从天而降，带来的可能不是好事，极有可能是坏事。有一大笔钱并不等于富有，让钱不断增值，使自己持续过上自由自在的生活，这才叫真正地拥有财富。

人人都羡慕富翁拥有的钱财，但富翁身上拥有的几大特质，你有吗？要想创造财富，你必须具备以下四个特质：

一、要节俭，不要有了钱就立马进行奢侈消费

人们普遍认为，富翁喜欢享受奢侈的生活。但一些来自美国、德国的调查数据显示，多数富翁并不喜欢进行炫耀性的消费。他们习惯把穿坏的鞋拿去修，也会因为长途话费太贵而更换电信服务商。这是因为成功的富人会更注重资产的增值而不是消费。

著名的散文家丰子恺有一篇散文《歪鲈婆阿三》。写的是他家的豆腐店里的长工"歪鲈婆阿三"，中了名为"白鸽票"的彩票之后的可笑经历。阿三中了彩票头奖之后，连平时只看得上有钱的公子哥儿的私娼俞秀英，都哭着喊着要嫁给他了。他穿了一身俞秀英给他做的花缎皮袍皮裤，卷起了衣袖，在街上东来西去，大吃大喝，滥赌滥用。几个穷汉追随他，问他要钱，他一摸总是两三块银洋。有的人称他"三兄""三先生""三相公"，他的赏赐更丰。一个月后，歪鲈婆阿三又打回原形，穿着原来的旧衣裳，坐在豆腐店门口包豆腐干了，只是一个崭新的皮帽子还戴在头上。

人性的弱点就是克服不了喜欢消费的倾向，特别是苦了一辈子的人，当他突然有了一大笔钱，内心一直压抑着的消费欲望就会像打开闸的洪水一样倾泻而下，但很快这笔钱就会消失得无影无踪。

再讲一个真实的故事。2001 年，美国有一位失业者，名

叫戴维·李·爱德华兹，他买彩票一下子中了2700万美元的大奖。经历了一夜暴富之后，戴维开始买别墅、汽车、收藏品、私人飞机，甚至还开始吸毒。中奖后的一年，他就花掉了1200万美元，又过了没多久，他花光了所有的钱。银行没收了他的房产，把他轰到一间仓库里。最后，他在孤独中死去。

有研究表明，大多数彩票中奖者的钱财通常都会在五年之内花光。他们在中了大奖的几年时间里，境遇比中奖前还要糟糕，因为他们都犯了一个认知错误，那就是他们以为有了这么多钱就一辈子可以衣食无忧了。

拥有一笔巨额的钱，并不意味着富有，守住一笔钱比赚一笔钱还难。不管手里有一百万、一千万，还是一个亿，如果不会理财，还是会坐吃山空，钱财流失的速度远远超出我们的想象。

事实上，像这样暴富后又一贫如洗的例子特别多，不只是戴维这样的普通人。比如美国黑人流行歌坛天后惠特尼·休斯顿，死的时候负债累累。2012年，惠特尼·休斯顿被发现猝死于洛杉矶比弗利山庄的希尔顿酒店，年仅48岁。去世的时候，她还欠着四百万美元的债务。

这样的例子还有美国流行歌王迈克尔·杰克逊和拳王泰森等人，他们都曾经拥有万贯家财，但最后都被挥霍一光。这种靠运气或体力打下的江山，没有智力来维系，钱财就很容易重新进入社会的再分配体系。我们这个社会，有很多"寄居蟹"，他们都在不停地找一个栖身的壳，然后再慢慢把壳里的肉全部掏空，再去寻找下一只壳。很不幸，迈克尔·杰克逊怎么看都像一只华丽的壳。

迈克尔在打赢了娈童案的官司之后，几乎倾家荡产，他还发现自己的亲信和前律师共谋，对他的财产实行偷光、骗光、用光的"三光政策"。2005年的娈童案让迈克尔.杰克逊花费了两千多万美金的巨额律师费，光律师他就请了一个团。之前他还赔偿给一个孩子五千万美金，加上其生活奢侈无度，钱财像水一样迅速流失。其实奢侈才是他欠债的根本原因。具有讽刺意味的是，迈克尔·杰克逊的突然死亡反而使他的财务状况好转。迈克尔死后的身价反较生前更高，他死后产生的收益可能多达数十亿美元。

二、要自己学习投资，克服惰性，不断超越自我

自己可以通过学习投资知识来使财富增值，不要轻易把投资交给别人负责。富人更重视通过自己的投资选择，使其财富实现增值。不要太过相信来自银行或保险公司的财务顾问，这些顾问其实多数是纯粹的推销员，他们的任务是通过销售金融产品来为银行或保险公司创收，不会真正站在顾客的角度给出投资建议，所以尽管把钱交给他们打理比较省事，但这也意味着你放弃了对自己钱财的管理，减少了投资成功的机率。

最近网上有个很热门的投票，就是"章泽天和董明珠，你更羡慕谁？更想成为谁？"一个是年轻貌美、嫁入豪门的

奶茶妹妹；另一个是 65 岁，单身数十载，被称为"商业女魔头"的富婆。网上的投票一边倒，88% 的人投票给董明珠，只有 12% 的人投票给章泽天。

这说明了一点，网友都明白自己跟章泽天没有可比性，能拥有章泽天这样的条件的人并不多。她有天生的美貌，又有名校毕业的背景，又在自己最美好的年华里认识了富豪，然后嫁给富豪。她能成为万众瞩目的人，并不十分令人惊奇。

董明珠能有今天的成就，完全是靠她几十年的奋斗得来的，这才是令人佩服不已的。董明珠出身平平，原本在一家国企里混日子。30 岁那年，丈夫因病去世，她的生活一下子失去了顶梁柱。于是，她辞掉了工作，离开儿子，孤身一人去了珠海格力公司。一开始她什么都不懂，一把年纪只能从基层做起，没人带她，她就每天晚上回去疯狂读书。

一天，上司故意刁难她，交给她一个几乎不可能完成的任务，帮公司追讨一笔要了一年都要不回来的 42 万元的巨债。结果她凭着坚毅的意志和死缠烂打，硬是创造了 40 天追回 42 万元的奇迹。从此她一路逆袭，成为后来的"铁娘子"。

一开始董明珠只是格力的一名普通员工，就算她有坚韧的毅力帮公司讨回债务，如果她不坚持学习，她后来也没有能力成为珠海格力电器股份有限公司的董事长，并管理好这家企业。坚持学习投资和管理知识才是通向财富自由之路的捷径。

三、要用诚实的态度致富

人们总是认为富人是通过不诚实的手段致富的，而自己发不了财是因为太诚实了。人们认为商业活动是一场博弈，有人赚钱就有人蒙受损失。这种观念其实是一种误解。稳定的商业关系应该是对双方都有好处的交易。

最近央视的法制栏目《一线》播出了一期题为《"美丽"的骗局》的节目，曝光了浙江省诸暨市店口镇的一个叫作"伊人时光"的化妆品传销组织。

"伊人时光"化妆品公司成立于2016年，在短短的两年多时间里，该公司从诸暨市店口镇的一个小小的美容院，发展成为祸害28个省、市、自治区的传销组织。

这个传销组织被诸暨警方连根拔起时，已发展下线1万多人，涉案金额数亿元。他们卖的化妆品，其实是伪劣产品，最低的售价竟在上百元，但成本却只有区区三五块钱。

该传销组织的头目之一傅文铭是诸暨市店口镇人，他是最大的获利者。由于获利无数，在当地他俨然成功人士。然而在两年前，傅文铭还只是杀猪的屠夫。

傅文铭被抓时43岁，在"发迹"之前，他的人生过得暗淡而潦草。早些年他做过泥水工，在乡下帮人造房子，还曾经吸过毒。自从他娶了小他两岁的江西女子彭英英之后，傅文铭迎来了人生的转折。

当时，彭英英在店口镇开了一家美容院。虽然规模不大，但她志向高远，立志要成为"全世界祛斑界的领军人物"。

彭英英自称自己长年受面部斑点的困扰，尝试过很多祛斑产品和方法，效果都不理想。后来，她自己"研发"出了能够根除斑点的产品和护理方法，并把自己脸上的斑都"消灭"了。

他们把"伊人时光"吹嘘成一家集研发、生产、销售、服务于一身的专业祛斑美容连锁机构，是"中国最顶尖的一次性祛斑品牌"，还说"伊人时光经过100年发展，成为'香港祛斑王'，药妆第一品牌"，并面向全国招加盟商。

一传十，十传百。"伊人时光"在国内迅速走红！傅文铭和彭英英也因此名利双收，彭英英甚至被捧成了"中国祛斑女王"！

傅文铭与妻子不同，他更喜欢挥金如土地过日子。他花500万在诸暨城东买了豪华别墅，花了500万买了宾利的越野车，又挥霍2500万买了画家陈逸飞的《丽人行》，后来被证实是买了张假画，还花2000万买了一颗舍利子，又将500万捐给寺庙。

彭英英为傅文铭舍命打拼，为他获取了巨额的不义之财，但傅文铭却背着彭英英在外面包养情人。更令人震惊的是，他对轻易得来的钱财一点都不珍惜，一掷千万金，曾经一次性转账13145214元给情人陆某，寓意"一生一世我爱一世"。

纸是包不住火的，骗人的事情终究要像地雷那样炸开。最后"伊人时光"传销组织被警方一锅端了，傅文铭和彭英英也双双锒铛入狱。

靠中奖一夜暴富而来的钱财不会长久,然而,不是靠诚实经营得来的财富,也注定是昙花一现。

我们从傅的事件中可以看出,发迹后他做了投资,但他的投资是盲目的。他花 2500 万买一幅名画,这很明显是不理性的投资。傅文化程度不高,他对名画不会有很高的欣赏能力,他之所以做出这样的投资,一定是他周围有人不断地唆使他。

投资有一条戒律就是不熟悉的不做。傅文铭就是投资自己不熟悉的领域。我们可以推测,在他有钱以后,周围就一定会围拢起各种各样的贪婪人物,他们不断地挖空心思套取他的钱财,诱骗他去做不正确的投资,他们好从中渔利。还有那些善于说甜言蜜语的情人,都是冲着这些钱财来的。如果没有清醒的认知,就会迷失在这些人的谎言之中,钱财就会进入这些人的口袋里。

四、敢于设定高远的财务目标

美国伯利恒钢铁公司的建立者齐瓦勃出生在美国乡村,文化程度不高。尽管如此,齐瓦勃却雄心勃勃,无时无刻不在寻找着发展的机遇。他相信,自己一定能做成大事。

18 岁那年,齐瓦勃来到钢铁大王卡内基属下的一个建筑工地打工。一踏进建筑工地,齐瓦勃就抱定了要做同事中最优秀的人的决心。

一天晚上，同伴们都在闲聊，唯独齐瓦勃躲在角落里看书。这恰巧被到工地检查工作的公司经理看到了，经理问道："你学那些东西干什么？"齐瓦勃说："我想我们公司并不缺少打工者，缺少的是既有工作经验，又有专业知识的技术人员或管理者，不是吗？"

有些人讽刺挖苦齐瓦勃，他回答说："我不光是在为老板打工，更不单纯为了赚钱，我是在为自己的梦想打工，为自己的远大前途打工。"抱着这样的信念，齐瓦勃一步步向上，升到了总工程师、总经理，后来被卡内基任命为钢铁公司的董事长。最后，齐瓦勃终于自己建立了大型的伯利恒钢铁公司，并创下了非凡业绩。

一开始就怀有一个高远的目标，会使你呈现出与众不同的眼界。朝着自己决定的目标前进，至少可以肯定，你迈出的每一步都是方向正确的。有了一个高远的奋斗目标，意味着你的人生已经成功了一半。

让自己赚到一百万，这是一个不切实际的目标吗？如果你认为是，那在创造财富的路上，就已经失败了。研究人员通过调查发现，企业家给企业设定的目标越高，企业后来的成长度就越高。向财务自由迈出的第一步，就是要确切地知道你想要实现什么目标，以及要怎么实现。

你可以把在今后十年里想实现的目标写下来，然后将总体目标细分为一些小的目标，在每一年中争取去实现。人们总是太高估自己能在一年里做到什么，而又总是太低估自己能在十年内能做到什么。美国学者科尔文等人在 2008 年的研究数据表明，人类所取得的很多伟大的成就，都是在十年的时间内完成的。因此对实现财务自由而言，十年也刚刚好。

假如你想在十年挣到一百万，那么通常来说，你不太可能每年都挣到十万，而是很有可能会在一段时间里挣到不多的钱，但是随后收入会呈现指数性地增长，所以可以据此来设定各个阶段的合理目标。当前的财务状况反映当前的思维方式，如果我们不改变后者，总是因为害怕失败而觉得自己不行的话，是不可能创造财富的。

富人之所以成为富人，并不完全是他们运气好，而是他们比普通人做多了一点，他们或多或少克服了人性当中的一些弱点。奢侈、懒惰、不诚实、目光短浅，都是人性的弱点。只有克服这些弱点，你在财富自由的道路上才能走得更远！

不要做一味索取的人，要懂得付出才能赢

最近刷微博看新闻，看到了一件令人触目惊心的案件——中国孕妇在泰国被丈夫推下悬崖。

2019年6月9日，一名中国孕妇在泰国乌汶帕登国家公园游玩时，从约34米高的悬崖坠落。事后获救，其自称是一场意外。不过，据泰国警方调查，这并非一起意外坠崖事件，而是其遭其丈夫毒手而不敢指控。

坠崖的孕妇王女士在接受媒体采访时称，事发当日，丈夫带她走向悬崖尽头去寻找3000年前古人类的壁画，发现没有壁画便往回走，在转身的瞬间，丈夫拥抱并亲吻了她，随即将她推下悬崖。

王女士没有选择立即报案，因为她在ICU急救时，由婆婆和丈夫一起照顾，她受到丈夫的威胁不敢报警。最终经过

思想斗争选择报警，随后其夫俞某冬随即被泰国警方抓获。其间婆婆还曾向她求情放过丈夫，被她拒绝了，此后婆婆便再也没有与她联系。王女士还透露，婆婆已为她的儿子聘请律师做无罪辩护，但两次保释均失败。

原来，王女士的丈夫俞某冬有犯罪前科，曾在江苏无锡因为抢劫被判了12年，减刑4年。王女士与俞某冬是闪婚，两人认识两个月就结婚了。婚后，她才发现丈夫巨债缠身。王女士是一位身家丰厚的大龄女青年，也许王女士是由于父母的催婚，急于结婚，才跟俞某闪婚。

王女士不是傻瓜，她能跟劣迹斑斑的俞某冬结婚，肯定也是有原因的。首先，俞某冬的年龄比王女士小几岁，而且从网络上的照片看，俞某冬的外形也算可以。王女士是大龄女青年，已经错过了找到完美对象的年龄，只能降低择偶的条件。王女士自己比较有钱，所以也就不太在意男方是不是有钱，只要男方在外表上过得去，也就可以了。婚姻就这样草草地定下来了。

但是婚后王女士才发现俞某冬不愿意工作，喜欢打游戏，还赌博。其实他的犯罪记录在婚前就跟王女士坦白了，王女士当时看他很坦诚，还是跟他结婚了，想来也许是一时受感情的蒙蔽。结婚后，俞某冬才告诉王女士，他有100多万的债务。后来，王女士又从他的父母那里了解到，他的债务其实是有200多万。这些债务主要是他之前生意失败，加上挥霍无度和赌博产生的。

俞某冬因为妻子只答应帮他还一半债，所以产生了杀掉妻子，并霸占妻子所有财产，然后用财产来偿还他所欠下的债务的想法。

一、越是无知的人，越无畏

这是一件令人心惊胆战的事件。这样的恶性事件，以前只能在影视或者文学作品中看到。我以为那些都是编剧虚构出来的，在现实生活中根本不可能发生。文学源于生活，因为生活比文学更加深刻和生动。现代社会信息发达了，所以在现实生活中这样的事情也不足为奇了。

能对至亲的人下毒手，这个人的心究竟有多坏？按照正常的逻辑来讲，一个行为正常的丈夫，会带着已经怀孕三个月的妻子，多次爬山去悬崖边寻找壁画吗？这对一个孕妇来说，有多累啊！而对丈夫来说，如果不是专门从事研究壁画的研究者，怎么会有这么执着的行为呢？这当中的险恶用心，昭然若揭，只是当局者迷，没能及时醒悟而已。

在茫茫人海中遇见彼此，多么不易，应当且行且珍惜啊！按理说，俞某冬已经够幸运了，他自己一无所有，没工作，没收入，没技能，没家底，还能遇到一个拥有万贯家财的妻子，这样的幸运不是人人都有的，但他不懂得珍惜。他想速战速决，解决掉妻子，好霸占妻子的财产。即使他这次能侥幸成功，这些财产又能供他挥霍几年？转眼他又将是一无所有罢了。

我认为俞某冬能做出这样的事情,并非脑子一热。首先,他的行为的根源来自于他自私冷酷的个性。其次,可以推测俞某冬在平时一向是自以为聪明的,做人做事喜欢耍阴谋诡计。这一次他把阴谋诡计运用到自己怀孕的妻子身上,以为计谋策划得滴水不漏,天衣无缝,但人算不如天算,聪明反被聪明误。

因为再完美的阴谋也会有漏洞,也会有意想不到的环节出现,即使决策者顺利实施了计谋,还是会产生不利的结果。所以,从长远看,明智的人应该遵循道德和法律做事,而非耍阴谋诡计。

俞某冬热衷于赌博,做生意还总是失败,凭这两点,就知道他这个人没什么本事。他没有认识到赌博与投资之间的区别。他认为赌博来钱快,结果越输越多。投资与赌博的区别是,赌博开大小,输赢立现;投资需要耐心等待,直到开出"大"再退出。多数人都因种种原因,退出在开"大"的前夜。俞某冬的家境普通,急于求成,只能把希望寄托在短期的赌博行为上,这就注定他的悲剧色彩。

而他想通过杀妻的行为来达到一夜暴富,摆脱债务,更是直接把自己逼上绝路。他这样做,是因为他的无知无畏。最终走上不归路。

自我评估的偏差程度跟能力密切相关:越是没能力的人,反而越能高估自己的能力。而那些真正水平高的人,反而还低估了自己的能力。越进步的人越虚心,越落后的人越骄傲。你越知道的少,就越不知道自己知道的少。

以上的道理，是由"邓宁—克鲁格效应"揭示出来的。那么，什么是"邓宁—克鲁格效应"？下面就来说一说。

你听没听说过柠檬汁可以做隐形墨水？用柠檬汁写在白纸上的字，干了以后就看不见了。然后用电吹风一加热，字迹就能显现出来，这是因为柠檬的酸性腐蚀了纸张。

话说1995年，美国有个叫麦克阿瑟·惠勒的中年男子，单枪匹马抢了两家银行。银行的人没难为他，要钱给钱。电影里一般抢银行的都带个头套，但是惠勒没有采取任何伪装措施。他甚至还对着监控摄像头笑了笑，抢完银行就愉快地回家了。当天晚上警察就抓住了他，并且出示了监控录像带的证据。惠勒感到很震惊。

惠勒说："不对啊，我已经在脸上抹了柠檬汁啊！"

也许他听人说过柠檬汁可以隐形这个知识，但他显然误解了"隐形"的意思。

惠勒这个笨贼的愚蠢行为后来惊动了康奈尔大学的一位心理学家——戴维·邓宁（David Dunning），于是他和自己的研究生贾斯汀·克鲁格（Justin Kruger）搞了一项研究，想看看为什么这种一知半解的人能有这么大的自信心。

他们的发现：越是一知半解的人，越自信。

罗素也说过，"这个世界的麻烦就是傻瓜非常自信，而智者总是充满疑虑。"

二、擦亮眼睛,远离渣男

俗话说:男怕入错行,女怕嫁错郎!很多女人都不幸地遇到了渣男,对于女生来说,在爱情中,最可怕的就是自己付出了真心,然而对方却只是一个欺骗自己的混蛋。俞某冬就是这样的混蛋。这种男人重视个人利益,缺乏家庭观念。最关键的是,女方的付出,在他看来可能是理所当然的,而当某一天女方不再付出,就会让他恼羞成怒。

如果一个男人热衷于吃喝嫖赌,那么他显然不是理想的结婚对象。如果你非要反驳说,"男人不坏女人不爱",那么你可以试着去踩雷。但是,希望你不要因为你幼稚的决定而后悔终生。实际上,受欢迎的坏男人更多的是一种"坏坏"的气质,而不一定是有恶习。

容易做出不理智的事情或者具有暴力倾向的男人,是情绪不稳定的男人。正如公安大学李玫瑾曾经强调的,"无论男人还是女人,都一定要远离情绪不稳定的或者具有边缘性人格的人,因为他们像一个火药桶,随时会爆发,而你可能因此遍体鳞伤"。

无独有偶,上海也发生了类似的案件,同样给我们血的教训,这便是上海杀妻冰柜藏尸案。

上海杀妻冰柜藏尸案的案犯朱晓东,他和妻子杨俪萍是通过朋友介绍认识的。两人2013年相爱,2015年结婚。婚后朱晓东和妻子经常因为琐事闹矛盾。

2016年10月18日早上7点多，夫妻俩再次因小事发生争吵。朱晓东向警方供认，当时"不想让她再说了""就用双手掐她的脖子"。几分钟后，朱晓东发现妻子没有了呼吸。

30岁的朱晓东是上海本地人，10岁那年，父母离异。他的初中同学曾经告诉杨俪萍的父亲，初二那年，朱晓东因参与抢劫被警察当场抓住。初中毕业后，朱晓东升入上海市南湖职业学校，19岁便离开校园走入社会，成为上海某商场的店员。

家庭矛盾是一场没有硝烟的战争。2016年，结婚不久的朱晓东被杨俪萍发现在外面有别的女人。夫事二人大吵一架后，朱晓东给妻子杨俪萍写了保证书，保证以后不跟别的女人来往。

此事不久后，朱晓东从网上订购了一批书，其中一本为《死亡解剖台》。书中描述了冰柜藏尸的片段，与他后来的藏尸手法极其相似。

杀死妻子的105天里，朱晓东大笔挥霍妻子卡上的20多万元，用妻子身份证到处开房，逍遥快活。他还用妻子的微信与家人保持着联系，制造妻子还活着的假象，每天下楼遛狗，过着若无其事的日子。

在中国的婚姻观念里，男女结婚需门当户对，要有房子、车子，婚姻是建立在物质基础上的。但在西方人的观点里，他们最看重的是对方的诚实。坦诚以待，方可值得托付。

朱晓东和俞某冬何其相似！他们都是自私冷酷的人，

都是自以为聪明的人。但他们绝对不是聪明人，因为聪明人都知道有舍才会有得，如果只想得不想舍，要么得不到，要么会失去更多，失去朋友，失去亲情，失去相信他支持他的人！

三、懂得付出，才是强者

俞某冬在与王女士的这段婚姻关系中，纯粹是一个索取者。他没有付出，如果硬要找出他有啥付出，那就是他为王女士贡献了精子，除此以外，别无长物。

弱者一般都是索取型人格，因为害怕失去，希望得到更多，便不断攫取；而强者一般是付出型人格，知道自己精神的富有，更包容，更懂感恩，更愿意创造些新东西给别人，世界便逐渐转移到他们手上。哪一种人更受欢迎，更容易让大家愿意帮助他成功？大家心里都有数。所以到最后，强者愈强，弱者愈弱。

生活中那些最成功的人往往是付出者，而不是索取者。这个结论或许有些令人吃惊。当然，我们要聪明地付出，并留神那些只索取而不付出的人，否则到最后还是吃力不讨好。

研究发现，付出可以带来的切实利益。那些重视为顾客提供真正服务的销售人员，往往比那些把挣钱放在第一位的人挣得更多。那些进行更多慈善捐款的人更容易快乐，而且挣的钱通常也更多。付出之所以有这样的作用，是因为它在一定程度上增加了这样的一种可能性：别人也会采取一些对你有利的举动。其实，付出是获得个人满足感的一种方式，对于内在和外在皆是如此。

香港亿万富翁李嘉诚出身贫苦，后来通过努力成为世界最富有的人之一。有一次，一名杂志社的记者问他商业成功的秘诀是什么。他说，其中一个重点是，他总是会公平地对待自己的合作伙伴，而且实际上他给这些合作伙伴的报酬要略多于自己所获得的回报。于是，所有人都想与他合作，他也在这些合作伙伴的帮助下，变得富有起来。

他人创造的价值其实也能满足我们自己的需求，付出并不意味着我们要牺牲自己的利益，付出并没有要求我们变成特蕾莎修女和圣雄甘地，付出也不是说让我们对他人的要求做出让步，付出并不意味着失败，而是意味着寻找一种双赢的结果，让我们在帮助自己的同时也帮助他人。

那些重视满足对方的利益和要求，同时又为自己谋求利益的人，他们找到了为双方创造价值和争取更多利益的方式，与那些只想以牺牲他人利益为代价，为自己谋求更多利益的人相比，这些人往往能达成更好的协议。

为什么会有"脑残粉"

我的大学女同学——肖娟,是香港影视明星——黎明的脑残粉,她深深痴迷黎明而终身不嫁,可叹可哀!

一、追星无伤大雅,但不要太过沉迷

肖娟,美女一枚,面容清秀,身形苗条,性格恬静,脸上总是挂着一抹淡淡的略带腼腆的笑意。她是以体育特长生的身份考入我们中文系本科班的,分数应该是比我们稍微低一点。从外表来看,她那么文弱,一点都没有体育特长生的粗犷。

回忆起大学生活的点点滴滴,还是充满快乐的。那时,我们宿舍里不知道是谁，发起了一个比赛，那就是比谁的腰围更细。艳的腰围是一尺八，星的腰围是一尺七，而我的腰围是——两尺，我这粗腰，令我惭愧！本以为星是稳拿冠军的了，可是有人跑到隔壁宿舍去量一下肖娟的腰围，她的腰围是一尺六。惊呆！这水蛇腰，估计传说中的"楚腰纤细掌中轻"，也就这么回事了吧！可肖娟不爱打扮，从未见她穿裙子，总是把自己包裹在宽大的运动服中，埋没了这水蛇腰。

肖娟进我们班稍迟，所以不跟我们住在一起，而是跟专科班的女生住在一起，我与她的交往自然也不多。我还记得与她的一次交集，是因为黎明。

有一天，我上街偶尔买了一本时尚杂志，里面有一张黎明的特写照插页。那时候黎明还很年轻，事业正当红。我翻看杂志的时候，恰巧肖娟路过，她看到了黎明的照片，问我借杂志看一会儿，摩挲着照片说，她还没有黎明的这张照片。

肖娟一离开，我就听到其他女同学说，肖娟是黎明的忠实粉丝。每一张黎明的照片，她都要收集；每一张黎明的唱片，她都要购买；每一部黎明演的电影或电视剧，她都要观看。总之，她不会放过与黎明有关的任何信息。可谓痴狂！

这么痴迷的行为，让我吃惊。我觉得一个大学生，无论是心理还是生理都已经发育成熟了，应该不会对一个遥不可及的偶像投入那么多的感情了吧。

我对黎明，或者其他明星，都没有特别的兴趣。我买这本杂志也不是因为黎明。这时我才幡然醒悟，肖娟是非常渴望得到这幅黎明的照片的。于是我主动把这本杂志送给她，她非常感谢我。

我也追过星,那是在遥远的初中阶段。刘德华曾是我的偶像之一。那时我住在家乡的小镇上,经常逃课跟女同学去录像厅看录像。20世纪80年代中期,内地的电视台还不能播出港台剧,想看港台剧,只能去录像厅看录像带了。我把能够弄到的零花钱都交给录像厅了,不惜一切地追刘德华演的《神雕侠侣》。甚至在一天夜里,我梦见了刘德华。在梦中,我成了他的女朋友。

追星只是青春期的短暂行为,不会持续多久。追星这事对我来说也不可能专一,很可能另一部电视剧上演了,另一个男演员又成了我追星的对象。

那些年,我追过的星数也数不清。到了高中,我就不追星了,因为学业紧张,没时间也没闲钱去追星了。到了大学,我接受世界的信息,从深度和广度上都得到了很大的拓展,世界如此广阔和精彩,我怎么可能沉迷在不切实际的白日梦中呢?我决不会像杨丽娟那样痴迷某个偶像。可那时我看到肖娟依然还在追星,就深感意外。

当时我不会想到,追星在她这里会演变成一件影响终身的重大事情,我认为只把它当成一种兴趣爱好也是可以接受的。人各有所好嘛,喜欢什么都不足为奇。

但大学毕业之后,肖娟依然是黎明的忠实粉丝。这时候她工作了,有了钱,追星的层次也随之升级。她可以亲赴香港去看黎明的演唱会了。此后,只要黎明举行演唱会,无论在哪里举行,只要能抽出时间,她必定要去看。

二、为追星而以终生幸福为代价，那就太不值得了

时间一年一年过去，光阴荏苒，人渐已老，女同学都纷纷嫁作他人妇，男同学也都娶妻生子，成家立业，肖娟依然孑然一身。她既不谈恋爱也不结婚，或许芳心只许黎明。她继续在延续着追星的白日梦。

有理性的人都不会抱着一个偶像过日子的，爱的体验长期或远远超过被爱的体验，这爱情本身就是荒谬而无意义的。或者，这根本谈不上是爱情吧，只能叫虚幻的爱慕。爱情很伟大，因为真爱难以骗取，然而比爱情更伟大的是过日子。爱情一开始可以有幻想，但在过日子中逐日展开的爱情才是真正的爱情。

有好心的同事见她孤家寡人，依然未嫁，就给她介绍对象。她是不情愿去相亲的，但碍于同事的面子，只好答应。但在相亲的过程中，面对男方，肖娟却极力地贬低自己。既然这样，这亲肯定是相不成功的。

肖娟这怪异的行为背后，到底是什么心理在作怪呢？可以有两种解释：一是肖娟根本没看上对方，贬低自己是为了让对方也看不上自己，是一种间接的拒绝。肖娟这人太善良，不忍心直接拒绝对方，怕伤别人的心。

肖娟的心里始终住着一个黎明，哪能随随便便就看上生活中的平凡男子呢？除非真的有一个长得非常像黎明的男子

出现在生活当中,肖娟才有可能动心,这也太难了。肖娟把自己的择偶条件提高到一个不可触及的高度,这等于是断了自己嫁出去的后路了。

二是贬低自己,以测试对方。我把自己贬低成这样了,但你还是看上我,这说明你对我是一见钟情的。既然你这么喜欢我,那接下来我才有可能喜欢你。但相亲是很脆弱的关系,禁不住考验。通常相亲的双方都是努力地给对方一个好的第一印象的。只要你说错一句话,或做错一个动作,都会给对方留下不好的印象,对方就可能把你 pass 掉了。刻意贬低自己的行为,在相亲中无疑是自绝后路啊!

此后,再没有人给肖娟介绍对象了。她也无所谓,就这样单着,年复一年,继续做着黎明的脑残粉,直到青春远逝,人老珠黄。

三、"脑残粉"是如何形成的

网络上曾爆出某些明星吸毒的消息,令人震惊的是一些粉丝的反应。有些粉丝声称,"这年头,吸毒也没啥!"还有人说,"我也要去吸毒,这样我和我的偶像就能关在一起了。"痴迷到这种程度,已经是完全失去理智了,难怪被称为脑残粉了。

脑残粉通常指的是那些对名人、品牌极度痴迷、疯狂追求,以致失去了理智的人。脑残粉会对任何不利于其所痴迷的偶像的言论进行猛烈的攻击，甚至伤及无辜。现在网友们也将其视为一种自嘲，表达自己对某事物极端热爱的程度。

肖娟身上已经具备作为一个脑残粉的所有特征，可以说她就是一个典型的脑残粉。我分析，她成为脑残粉既有一般的原因，也有她自身特殊的原因，下面先来分析形成脑残粉的一般原因，再来分析属于肖娟自己的个人特殊原因。通常来讲，脑残粉的产生主要有以下四个原因：

光环效应：他是完美的

当一个人的某种品质给我们留下非常好的印象时，我们就会觉得他应该还拥有更多其他的优秀品质。其实，那些更多的优秀品质往往是他本人所不具备的。因为对方的亮点，我们容易忽略对方的缺点，更有甚者，觉得对方就是个完美的人。这就是光环效应在起作用。

明星效应就是一种典型的光环效应。在影视作品中出现的明星，是经过多方塑造的完美形象，我们会误以为是明星本人，我们只看到他光鲜的表面，却没有接触到他的真实生活，生活中，他也是一个平凡的人。

这种爱屋及乌的强烈知觉的特点，会影响人际知觉，在人际知觉中形成以点概面、以偏概全的主观印象。

证实偏见：只能看见他的好

证实偏见即人会不由自主地寻找支持自己观点的证据，近而忽视那些对自己或自己观点不利的证据。如果你认为一个人是完美的，就会不由自主地发现他很多优秀的地方，而且自动忽视他较弱的地方。他说的话做的事，你永远会在情感上给予认同和包容，会想方设法寻找支持他言行的论点，而忽视了那些相反的意见。

归属效应：终于找到组织了

当一个人处在孤独的时候，孤独感会唤起对归属和爱的需求，而追星这种行为能带来归属感。比如，追星者在电影里看到某句台词，道出了他的心声，或在歌曲里听到某句歌词，唤起了他某种情绪上的共鸣，如果在他的身边，恰巧也有一个同伴也有同样的感觉，那他就会产生找到组织的感觉。

当追星者沦为某人的粉丝时，就会自觉地对偶像表现出极大的忠诚，对站在自己同一阵营的人，他乐于接纳；而对"他者"，自然是带有排外情绪了，尤其是对来自竞争群体阵营的"他者"。

这种归属于群体的现象，被心理学家亨利·泰菲尔和约翰·特纳称为"社会身份"。简单来说就是，在群居社会中，人们本能地会把自己划分到不同的群体中，群体之间的差异是很小的，没有意义的，甚至几乎是人为的，目的是给自己营造一种属于这个群体的感觉。

从人的认知角度来看，在一个人的成长过程中，会不断地进行"自我"和"他者"两个世界的划分。当一个人将某个东西划入到"自我"的世界中时，就会产生认同感和保护的欲望。比如，这是"我的家"，这是"我的国"。然后，你就会不自觉地保护她。因为这是你自我建构的基础，是"我"成为"我"的条件。因此，在国外有人问你"你是谁？"你会回答我是中国人。如果有人侮辱你的国家或你的城市，你自然会生气并反驳，甚至攻击他人。

这样来解释粉丝的行为，就可以明白为什么粉丝会极力维护和美化自己的偶像，因为粉丝已经将偶像划入了"自我"的范围内。

肖娟成为一个至死都走不出来的脑残粉，除了以上的普遍的原因之外，我认为还有她自己的一些特殊原因。

自我弱化：卑微的爱使人低到尘埃里去

肖娟是一个容易自卑的人。普通人在喜欢一个人时，也常会产生自卑心理。如张爱玲说的：低到尘埃里去，然后在尘埃里开出花来。这是自我弱化，在两性关系中，女性会更明显地出现自我弱化心理。爱他就接受他的一切。他的好，他的坏都一起接受。陷入卑微的爱中的人，会赋予对方光环，会认为对方是世界上最好的人。这时候的爱，是固执的，任旁人怎么劝都劝不住，如同上瘾的瘾君子，如同飞蛾扑火。往往为了一棵树，放弃整个森林。

但并不是所有的爱都会让人自卑，有些爱是会让人自信的。可惜"脑残粉"走不出自己的心理围城，至死都体验不到自信的爱。

让你自卑的爱，只能说明两点：要么你爱错了对象，要么你恋爱的心态不正确。

　　谈了自信的恋爱的女人，会容光焕发，比从前更加漂亮，这是爱情让她找得到了能量。她找到了能与其精神匹配的人，她的心不再漂泊，她的事业蒸蒸日上。这是相得益彰的爱情，这是相互成全的爱情。

　　自信的爱，让你更优秀，让你的视野越来越宽广。反之，让你牺牲自己的爱，会让你感到自卑。自卑的爱让你削减了自己的能量，对自身的发展非常不利。

　　让你自卑的爱，是坏的爱；让你自信的爱，是好的爱。让你弱小的爱，是坏的爱；让你强大的爱，是好的爱。所以，勇敢地决绝地放弃那些让你自卑的爱吧，肖娟对黎明的爱，就是一种坏爱。长期躲在对明星的精神恋爱中，不会得到任何实质的好处，只能讲这是在逃避现实。

　　自体虚弱：不敢面对真实的自己

　　自体虚弱，用通俗的说法就是自身的虚弱，也就是"我没有力量我很虚弱"的感觉。肖娟是不敢在现实生活中放出自己的真爱，于是选择了逃避，用一个虚假的爱人（即偶像黎明）来搪塞自己，挡住自己想去爱的想法。美国政治学家埃里克·霍弗在他的著作《狂热分子》中说："如果一个人觉得自己是可鄙的，他就会狂热地去攀附一些宏大的东西，那样就可以不去面对可鄙的自己了。"

　　肖娟的内心到底是怎么样的？现在只能是推测了。随着她的逝去，真相已经无迹可寻了，这不能不说是一种遗憾。

逝者已矣，前车可鉴。我们都不要做肖娟那样的脑残粉了，要在生活中勇敢地去追求真爱，即使被伤得遍体鳞伤也在所不辞。因为只有这样才能证明我们曾经活过。

缺爱的女子是如何糟蹋一生的

1

笑梅终于离开冰冷的家，去广州打工了。在广州，她在一间民办小学里找到一份临聘教师的工作。

当初，笑梅中师毕业，已经教了几年小学，如果继续教下去的话，她就会遇上一次绝好的机会，转为正式教师，可她半途而废了。她因为结婚，要照顾家庭，就辞去了心爱的教师工作。她为家庭付出太多，但她得到的是什么呢？她得到的是：夫逝，夫家还要求她守寡过完下半辈子。当今社会，竟然还有人对别人提出这样不符合人性的要求，这难道不令人匪夷所思吗？

丈夫死的时候，笑梅才三十岁。自从丈夫没了之后，她又苦苦坚守这个不完整的家五年,熬到三十五岁,女人的大好青春岁月也所剩无几了!她一边带着儿子,另一边照顾着丈夫的快要八十岁的寡母。一家三口,两个寡妇,日子过得是清汤寡水,了无生趣,家也成了冰冷的坟墓。

丈夫刚死时,笑梅悲痛欲绝,曾下定决心要为他守寡终身。她做出这样的决定一点都不奇怪!一来,她是个思想非常传统的女人;二来,婆婆和大姑子们对她也是拼命灌输各种贤良淑德的传统思想,一家人都希望她不要再嫁,安心留在婆家把儿子抚养成人。但是,她们既想牛耕田,又不给牛吃草。她们剥削笑梅太多。

笑梅也答应了她们的要求,因为她压根就没有反抗的意识,也没有多少见识,她认为她们的要求是理所当然的,是合理的。但是,接下来的日子却越来越难以过下去了。并不是因为笑梅受不了守寡这份苦,而是婆婆对她的防备心越来越重了。

婆婆的房门时刻上着锁,防她这个儿媳妇就像防贼一样。只要笑梅在外面逗留久一点,或者稍微迟一点回家,婆婆就对她各种猜疑。

笑梅没有工作,当然也就没有收入。婆婆有退休金,还有一幢楼房可供出租,收入可观,但婆婆把钱管得死死的,不愿多给笑梅一分钱。笑梅只好省吃俭用,几乎不买新衣服,身上穿的衣服都是捡姐妹们过季的衣服。她收入不多,没钱打扮,也没那个心思打扮,更不敢打扮,怕婆婆疑心病又犯，怀疑她整天打扮得花枝招展的是想出去勾引男人。

没钱花的生活是寸步难行，她只好凭着自己的一技之长，在家中招收一些小学生来补课，以增加收入。

两个大姑子以为笑梅是个闲人，脾气又好，又不懂得拒绝人，于是总是对她呼之即来挥之即去，基本不把她当弟媳妇看。她们有什么粗重的活都叫笑梅去干，笑梅也是唯唯诺诺，从不拒绝，她就像这个家族的保姆，而且是免费的保姆。大姑子们只是偶尔像施舍给仆人一样给她几个零花钱。她的手指因为做工过多而显得又粗又大，简直就是一双女佣的手！

人最容易忘记自己的价值，而转去追求自己在别人眼里的价值。觉得一定要在别人的眼睛里照到自己的存在，才算真正的有价值。要得到别人的肯定，自己才有价值，这正是不自信甚至是自卑的表现，不自信而去讨好别人，付出自己的一切，以在别人眼中求得一个好形象。这是对自己、对方和关系的极大的不尊重。并且，你用不尊重自己的方式，也教会了对方不尊重你。

无论如何，必须学会尊重自己，也让对方尊重你。在彼此的爱与尊重中，成就彼此。可惜笑梅不懂得这一点。她总是以牺牲自己来换取别人廉价的赞誉。

2

笑梅的原生家庭是一个庞大的家庭,父母生了六个儿女,四个儿子,两个女儿,笑梅居中间。

笑梅说:"我小时候是跟着奶奶长大的,所以我特别喜欢跟老年人相处。"

笑梅的父母因为子女太多,把笑梅扔给奶奶照看长大,笑梅从小缺少父母的关爱,内心留下一个巨大的爱的"空洞"。从来没有学会拒绝别人。成年以后,她需要在人际关系中获取许多许多别人的肯定——就是爱,来弥补童年时留下的"空洞"。一旦她在人际关系中说出一个"不"字,就代表了自己和别人关系的中断,关系中断就意味着自己再一次被别人抛弃,而被抛弃是她内心最不能够承受的压力。因为小时候她已经被父母抛弃过一次,在内心深处她不愿意接受在人际关系中再次被抛弃。所以她对别人都是有求必应的。

笑梅其实长相并不平庸,她是美女一枚。瓜子脸,高鼻梁,大大的眼睛配上大大的双眼皮,认识她的人都以为她是一位来自新疆的美女。笑梅的身材也高挑。拥有这样的出众外表,每次见面我都劝她趁现在还有些资本,赶快去找到下半生的幸福,不要白白浪费了所剩无几的青春。

现在都什么年代了,离婚再婚的人多了去了,哪里还有女人愿意为死去多年的丈夫守寡啊？但笑梅总是不肯，说自己这辈子就这样了。我心里真替她着急啊，可是这事谁也替不了她做主，旁人干着急也没有用。所以每次我都说她是古代人。

　　守寡是不人道的。古代妇女地位低，自己无法独立生活。由于古代社会的陋习影响，死了丈夫的女人想回娘家生活，是会被拒绝的，在毫无出路的情况下，只好忍气吞声留在婆家守寡。但是现代社会，妇女的地位已经很高，自己可以外出打工，独立生活，靠自己的努力养活自己，根本不用靠男人。

　　这么浅显的道理，笑梅好像都不懂。也许她是中了婆婆的魔咒才这样的吧！如果她有稳定的收入，留在夫家守寡带大孩子也未尝不可，但是她没有收入，指望着婆婆给钱花，还要为一个家族当保姆，又得不到应有的尊重，这样的日子是谁都熬不下去的。

　　当初，笑梅嫁给这个男人就是一个错误。如今丈夫死了，还要为他守寡，真是错上加错！

　　笑梅的丈夫并不是那种英俊潇洒、年轻有为的男子，相反是个长相平庸、体型矮胖，事业上毫无建树的妈宝男。当初是笑梅陪别的女孩与这个男人相亲，他看不上笑梅的女伴，倒是看上了笑梅，然后就对笑梅展开狂追猛打。笑梅本来就是个缺爱和心软的女人，哪里经得住这个妈宝男的死泡硬磨，就答应他了。

　　男人追女人最常用的一招就是装可怜。世上有多少傻女人就是死在男人这一招上的？妈宝男总是笑嘻嘻地对笑梅说："你不嫁给我，我就再也娶不到老婆了！我年纪又大，之前的老婆又跟别人跑了，我的身体还不好，我只能是孤独终身了，你可怜可怜我吧！"奇怪的是笑梅听了这些话，并没有嫌弃他是个有婚史的男人，反倒是爱心泛滥，像救世主那样，拯救他于水深火热之中。笑梅并不相信他说他身体不好，总以为他是开玩笑的。笑梅看他胖嘟嘟的，哪里像个身体不好的人？

　　他们只是同居，并没有正式结婚。丈夫到死也没有给笑梅一个婚礼。妈宝男的家境还算不错，虽然他的父亲已经去世多年，但父母都是公务员，父亲还当过一官半职，姐姐们在父母的安排下也有好的工作，妈宝男的工作也被父母安排得好好的。妈宝男的家庭为什么不肯给笑梅一个婚礼？也许是这家人太过精明了，他们吸取了之前那个儿媳妇跑了的经验教训，始终不肯给笑梅一个正式的婚礼。婚礼对笑梅来说，就像是一个挂在骡子嘴前的胡萝卜，始终不让骡子吃到！

3

　　笑梅选择跟这个二婚男过日子，刚开始并不敢告诉父母和家里的兄弟姐妹。她知道家人一定是反对的。笑梅一直隐瞒了好几年，平时她很少回家，都说工作忙，没敢跟家里人说自己已经找到归宿的事实，直到她怀孕，再也隐瞒不下去了,她不可能一年都不回家看父母,她这才把自己的情况公开。父母当然是捶胸顿足了,但也于事无补,既然生米已经煮成熟饭,他们也只好祝福女儿了。

笑梅跟妈宝男同居之后,才知道他确实身体不好,那些话并不是他说着玩的。他喜欢夜生活,每晚呼朋引伴,跟那些狐朋狗友们喝啤酒玩通宵。也许是玩多了,年纪轻轻就把身体玩坏了。他一个肾已经坏掉了,并做手术割掉了,也就是说他只有一个肾。可是没几年,他的另一个肾也坏掉了。笑梅跟他的这些年,天天陪他跑医院。

在住院的日子,他还离开医院跑到外面打游戏,医院里只有笑梅守着空空的床位。医生来巡查病房,问病人哪里去了?笑梅只好自己爬上病床临时装病人。最后,妈宝男终于做了肾移植手术,可以过上正常人的生活了。

可是好景不长,妈宝男改不了他那不良的生活习惯,也不懂得珍惜这来之不易的家庭和健康,还是喜欢各种玩,始终戒不掉爱喝啤酒的坏习惯。肾移植的人是不应该再喝啤酒的。在做完移植手术之后几年,妈宝男的移植肾出现排斥,这一次没有熬过去。

笑梅跟妈宝男同居的日子,其实是在充当一个保姆的角色。妈宝男的身体没几天是好的,他们在一起同床共枕的日子也没有几天。笑梅天天晚上都是跟婆婆睡在一起的,她说自己跟婆婆睡的日子比跟丈夫睡的日子还多。

婆婆天天晚上哭诉自己这痛那痛,笑梅天天晚上就给她按摩捶背。照顾完婆婆,又要服侍丈夫,这对母子是天天变着花样来折腾笑梅。这母子俩也会用尽各种甜言蜜语来套牢笑梅！笑梅就像一头不知疲倦的耕牛那样照顾着这个家庭。

缺爱的女孩子在这个世界上最容易遇到渣男！妈宝男绝对不是笑梅的良配！凭她那么出众的外表，可以有更好的选择，是笑梅的依赖型人格害了她自己。造成依赖型人格缺陷的最初原因，是她父母的偏心与冷漠。

笑梅无法从原生家庭中得到爱，离家之后便渴望从男人身上得到爱。究其根本原因，是笑梅对爱的渴望大大超过了对自尊和安全的需要。年轻时候的笑梅漂亮、善良，可是她对爱的强烈需求，导致她对男人饥不择食和无底线的妥协。从心理层面上来说，笑梅这种对爱的异常渴求与真实感情无关，只是在填补童年时父母爱的缺失。

这种盲目的非理性的对爱情、对亲密关系的渴求，就是典型的依赖型人格。只要能找到一个表示愿意爱她，一辈子和她在一起的人，她就认为有了稳定的精神支柱，宁愿为这个人牺牲自己的个人空间、兴趣爱好、人生观、甚至是尊严等等。她甘愿无底线妥协，做自己不愿做的事，只为维系这段关系。

在亲密关系中设定底线，学会正确表达情绪，一旦对方踩踏底线，必须表达出来。我们都不是生来就拥有健全人格的完美之人，我们带着原生家庭造成的性格缺陷而莽撞无知地踏入社会。然而，我们已经告别孩童时代，拥有成年人的判断力能力和学习能力，遇到问题应该及时发现并修正自身缺点,而不是放任自身的性格缺陷,带给亲近之人压力,甚至将压力强加给自己的孩子,造成下一代的性格缺陷。

愿笑梅能早日领悟到这些道理,尽快找到自己下半生的幸福!

离婚等于人生失败吗

　　大概许多人都跟我一样，常常被影视作品中塑造的那种荡气回肠的爱情故事深深感动！感动之余，心中不免疑惑，为什么那么动人的爱情故事永远都不会发生在自己的身上呢？是自己不够好，好的人根本没有看上自己？还是自己运气不够，被命运拨弄，蹉跎半生最终也没能遇上那个对的人？其实都不是。那种男女主人公永葆对爱情忠贞、永恒不变心的爱情故事，在现实当中实属罕见，如凤毛麟角，一般人是遇不到的。多数人的爱情故事只能是平淡无奇，所以人们才常说，平平淡淡是福。

　　随着时代的变迁，人口流动加剧，越来越多的人就连平淡相守度过一生都做不到了。爱情和婚姻的变质，造成家庭分崩离析，成了摆在我们面前司空见惯的事情。

我们如何面对爱情和婚姻的挫败？难道离婚就等于人生失败吗？不是的，作为一个现代女性，应该更理性地审视婚姻。白头到老，从一而终固然是美好结局，这也是过去农耕时代大力提倡的。但现代社会，越来越多的人无法做到从一而终了，然而从一而终的思想仍然顽固地留在许多女人的脑海里，成为女人们自我价值判断的牢不可破的观念，所以离婚才会对她们造成致命的打击。

笔者认为，作为现代女人，从一而终的思想不应该成为女性再去追求幸福的绊脚石。如果爱情变质，婚姻失败，那就应该大胆地再去追求新的幸福生活，躲在角落里自怨自艾，自我否定，只能白白浪费宝贵的余生。

1

在一生之中，有些人与你擦肩而过，而有些人却在不经意间给你留下她的人生故事。这件事是我在旅途中遇到的。今年春节过后，我决定去桂林。我报了一个团，团里的其他人都是结伴而游，唯独我是独自一人。经过长途奔波，到达第一个景点银子岩时，我却没有去看，因为我在报名的时候，没有选择这个景点。

一路上暖阳高照，和风熏得游人醉。可是到达桂林市却下起了冷雨，天地被水雾笼罩，一片灰黛，气温骤降了十几度，一下车我就冷得瑟瑟发抖。如此寒冷潮湿的天气，司机也没雅兴下车陪游，留在驾驶位置上等游客回来，我就跟他聊开了。司机是一个中年男子，看到我是一个人来玩的，他嘲笑我："你一个人来玩，有啥好玩的？一路上连个说话的人都没有。"

我说："我觉得一个人静静地欣赏美景，不被打扰，心情反而更靓！"

"你这人好奇怪！"司机说。

我本以为这团人当中只有我是独游者，没想到在住宿的时候，有个接近六十岁的女人也是落单的，她被分配跟我住一个房间。夜里，我并没打算偷听她打电话，但一个房间就那么大，尽管她讲电话的时候压低声音，但一些内容还是传到了我的耳中。

原来她是离家出走来桂林散心的。由于她不辞而别，家里人到处找她，纷纷打电话寻她。家里人甚至动用了她的老同学打电话来找她，但她始终不肯讲，只说在很远很远的地方。她的女儿给她打电话，她跟女儿一边说一边抽泣。

始终没有听到她的丈夫打电话来找她。我猜这就是问题的关键了。如果她是跟丈夫吵架而离家出走的，在这个时候，妻子不见了，丈夫肯定是要打电话过来赔礼道歉，然后劝妻子快点回家的。否则，他不担心妻子一时想不开去寻短见吗？可是我始终没有听到那个跟她最亲的人打电话来。

我和她萍水相逢，不敢过问她的隐私，只是"旁观侧听"，把白天听到她跟同车人闲聊的一些内容和夜里她打电话的内容串起来，从中可以推测出她的情况。她的子女都离家去读书或者工作了,她的丈夫也常年在深圳做建筑施工承包商,她独自一人在老家守着一幢七八层高的新建豪宅。

不难推测,她的丈夫在深圳常年不回家,或许早已是家外有家了。女人到了中老年,物质上已经富足,但感情上却空虚了。对于许多女人来讲,失去丈夫的爱就等于失去一切。女人最尴尬的处境是自己已经老了,长大的子女已经不那么需要自己,而丈夫却越来越有钱,活得越来越潇洒,更是不需要自己了。他有钱就有一切,愿意跟他在一起的年轻女人有的是。

前些年,深圳某著名地产企业 61 岁的王姓董事长被爆出离婚,迅速娶了一个比他年龄小三十岁的女演员。消息一出,网友炸了。许多女网友纷纷替王某的前妻抱打不平,对负心汉王某进行口诛笔伐。与众多女网友的态度不同,网上有情感专家认为:不用为王某的结发妻打抱不平,因为这可能是"双赢"的喜事。情感专家的言论乍一看,令人觉得不可思议,冷酷无情,一点都不站在弱者的立场上说话。

情感专家解释:女网友所说的那种被抛弃的这种感觉,真的是王某前妻的吗?不一定。根据情感专家推测,真实的情况可能是这样的:作为一个成功男人背后的女人,一直以来王某前妻可能是表面风光,内心纠结。她可能经历了许多悲伤、失意、委屈甚至是愤怒,只是我们不知道而已。如果她这些年过得并不开心,离婚又何尝不是一件令她愉快的事情呢?王某可以去找年轻美貌的女子结婚,率真的为自己再活一次,她又未尝不可以用"离婚"来为自己解脱呢?

情感专家的分析过程很在理,但结论却不能令人心悦诚服。对"双赢"的喜事的说法,大众比较难接受。同情弱者在社会上还是有着广泛的心理基础的。但如果换成这样说,可能更能服众——离婚不能说是喜事,但也不是坏事。

事实上,大家对王某的愤怒,并不仅仅在于他离婚这件事情本身,而是在于大家对王某人品的不满,毕竟他是靠前妻家的人脉关系才走到今天这个位置的。当他功成名就,身居高位之后,却抛弃前妻,在道德上始终是有亏的。

王某前妻怎么可能是赢呢?她明明是输了。只不过就是输了,对她而言,伤害已经没那么大了。毕竟到了这个年纪,很多事情她都能够看开了。离婚对于她这种有钱有地位生活丰富多彩的女性来说,不算是一件致命打击的事情,毕竟她离婚后有金钱作为依靠。她曾经拥有,她繁华历尽,该享受的也享受过了,子女也长大了,作为一个女人活一辈子的最大任务也基本完成了,无论是生理上或者心理上,对男人的依赖都变得不那么重要。如果她是一个普通女性,没钱没势,还要依靠老公养活,那样的话,处境就很不妙了。

离婚毕竟会对弱者心理和情感上造成创伤。尤其对女性来说,更难从被抛弃的失落感和焦虑、压抑的痛苦情绪中解脱出来。

2

男人天生是多偶动物，即使是已经无能力对两性起到实质作用的老男人，依然乐此不疲地找比自己小三十岁以上的年轻女人，以证明自己的身体实力和个人魅力，古往今来，并不鲜见。老男人喜欢一直跟在年轻女人后面买单，这是他们自愿的事情。他们这样做除了只伤害了原配外，传统社会道德的压力对他们并不起作用。

面对这样的现实，女人应该转变观念了，不要认为老男人重新找年轻女人过日子就是逍遥快乐的事情。把已经经历过的生活再重新过一遍，其实他们是在自找苦吃。男人一辈子都可以发情和繁殖后代，他们是被身体里的性激素绑架了，需要不断地找异性发泄情欲，即使老了面目丑陋可憎了，仍不能停止。

男人一生最大的追求是尽最大可能地跟更多的女性发生关系，把自己的基因传递下去。这份苦就让他们去尝吧！

女人年纪大了之后，不再产生那么多性激素，不再有繁殖的能力，也无须再为情所困，对感情上的事情已经可以云淡风轻了，这才是真正的自由自在，余生的光阴都可以轻松愉快地度过了。老年女性仍尽心尽力地照顾好配偶的生活，更多的是一份责任，而不再是因为强烈的性需要和情感需要。

很多过于传统的女人，由于自身缺乏独立谋生的能力，也由于受传统封建专制思想的毒害，在生活上过于依赖男人、依赖家庭，一旦男人先提出离婚，女人立刻哭天抹泪、以头抢地、撒泼耍赖，打死不离婚，好像离婚是天要塌下来的事情，甚至以死相威胁；那感觉又仿佛从此丢了面子，落下了被男人抛弃之名，这样的做法完全失去了现代女人的涵养和洒脱。

当初双方曾经疯狂相爱，如今却感情淡漠而难以维持，一旦某人已经不再爱另一人，但另一方仍苦苦地坚持，这又有什么意思？如果是那种没有以深厚爱情为基础建立的婚姻，而是各取所需的婚姻，那就更没什么值得留恋和犹豫的，干脆地离婚，然后再去找彼此更适合的，不是更好吗？现代的年轻女性更能明白以上道理，而中老年女性就很难进化到这种程度，毕竟她们的身上带着沉重的传统思想给她们的精神枷锁。

恪守传统思想的中国女性真的需要深刻反省自身对男人、对家庭的依附关系了。现代女性，完全可以自己独立谋生，不再需要依靠男人而生存。比如那么辛苦的外卖骑手工作，也有很多女性在做。当今社会，已经给了女人足够的独立机会。

作为成年女性，拜托你要记住，你需要独立，无论从情感上或者财务上，你都要做好自救的准备。所有那些特别依赖男人的女人，几乎一辈子都在哭诉，我什么都依赖不着，他什么都不帮我。这是一个规律，你越想依赖，你越依赖不着。其实人一辈子是靠自己活着的，不管我们是多么强烈的感情需求者，多么主动的感情沟通者，多么深重的情感受伤者，都别忘了我们是一个独立的生命。而在今天这个社会，一个保障男女平等就业的现实环境，我们可以自食其力，是为自强。

待到媳妇熬成婆之后，即使离婚，女人的处境也不那么悲哀了。因为她们用毕生精力培养起来的孩子们不会抛弃她们，相反老年男人被抛弃才是最无助的。通常女人年纪越大反而在家庭中越重要。反之，许多无钱无权的男人，年纪越大在家庭中的地位就越不重要了。

在日本，有个词叫"潮湿落叶族"，是指一些退了休的男人，每天无所事事，只围在妻子身边打转，像秋天的落叶被霜打湿，粘在衣服上很难脱落一样。因为在企业中退休的男子，失去工作，也失去了社会地位，男人突然变得不幸起来。而女性刚好相反，她们早就在自己的社区参加了几十年的社区活动，生活非常丰富，并不存在男人退休断崖式的巨大变化。

也许是女性面临的巨变时刻来得更早。因为要养育孩子，很多日本女性都辞去了自己的社会工作。而当孩子长大成人，不再需要照料的时候，她们也会面临像退休一样的巨大变化。如果处理得好，那在男性退休的时候，她们反而处在人生最舒适的阶段。

所以很多女性会因为要照顾突然而来的"潮湿落叶族"而不适应。从统计比例上看，老年夫妇多半是男方先卧床不起，女性需要担负护理丈夫的责任。许多女人反而会在这个时候主动提出离婚。

3

离婚不是会致命的绝症，只是一场重感冒。刚离婚时会有不适，会很痛苦，但最终都会像感冒那样痊愈。处在刚离婚的情绪低落期，可暂时外出旅游进行调节，虽然这只是短期行为，但不可小觑其作用。外出旅游的暂时性时空转换会带来不一样的心情，比整天闷在家里，终日愁眉不展要好得多。

根本的办法还是重打锣鼓，另立炉灶，通过觅偶再婚，消除孤寂。而中老年女性离婚后，一般都不愿意再找伴侣，这其实并不可取。如今中国年轻人的婚姻观念已经发生了重大变化，年轻人的婚姻与家庭生活越来越不稳定了，从一而终的人也会大大地减少。绝大多数离婚者都会选择"再婚"，导致中国社会的再婚率一直处于上升状态。

我的闺蜜筱青在 36 岁时离了婚，马上就有一个 26 岁的年轻男子——龙剑追求她。其实龙剑在筱青没有离婚时就已经对她暗恋多时，而当时筱青对这完全不知情。筱青离婚是因为与丈夫性情不合多年，她的女强人性格丈夫忍受不了。36 岁的筱青一点都不显老，她体形纤瘦，皮肤白皙，容貌清丽，说话如连珠炮，走路带风，办事风风火火。虽然只高中毕业，但对理财、炒股、做生意赚钱，样样精通。

她丈夫却很平庸，只懂得上班下班，对家庭未来的规划这样前瞻性的打算,丈夫完全不理会,还不能忍受被妻子帮他拿主意。他感觉自己老是被妻子压过一头,没了男人的尊严,这才一别两欢各生欢喜的。可是性情是天生的,也没有谁对谁错。

筱青女强人的性格却偏偏吸引了龙剑,在龙剑一阵狂追猛打苦苦追求之后,筱青终于接受他。我们这些周边的人,一开始都不看好他们这女大男小,年龄悬殊的一对。我每隔一段时间再见到筱青时,心中第一个涌起的念头就是:时间又隔这么久了,不知道他们到底分手了没有?迎着众人怀疑的目光,他们一直走到现在,十多年光阴都走过了,他们还在一起。很不简单,他们是真爱!我们这些旁人真是白替他们操心了。

女人不应该因为离婚而对生活失去信心,也许离婚之后,你会遇到今生的真正所爱,勇敢地去追寻幸福吧!你的人生在翻篇之后,也许会更精彩。

怕什么孤独终老，一个人过有一个人过的精彩

"白富美"一词是如今在网络中流行起来的词汇。但从古到今，现实生活中从来不缺白富美。莚姐在20世纪90年代就已经是一枚"白富美"，虽然那个时代还没有出现"白富美"一词。莚姐的家境殷实，家里有一幢小洋楼。父亲是领导干部，所以莚姐姊妹三人也都得到良好的教育。莚姐读书也争气，考上了大学，选择了会计专业，毕业后进入本地一家效益很好的国有企业当会计，工作稳定而高薪。莚姐这么好的条件，真是曲高和寡，在一个小县城是很难找到条件匹配的对象的，她只能是下嫁了。

莚姐与丈夫是经人介绍相识然后结婚的。丈夫的家庭很一般，那时他只是一名司机，在部队退伍之后，他被安排到机关单位开车，算是一名跃出农门，终于捧上了铁饭碗的司

机。当初，苤姐和家人并不在乎他家境贫寒，看重的是他刚从部队里出来，思想淳朴，行为端正。这一点都不奇怪，那个时候有那个时候的择偶标准，看重的并不是钱。何况，那时候的人也都是没什么钱的。

苤姐的父亲没有儿子，只有三个女儿，所以她父亲允许苤姐和丈夫住在娘家。那年代，人淳朴，思想中没有那么多的嫌贫爱富，不比如今人人拜金。苤姐他们一家人丝毫没嫌弃苤姐的丈夫家在农村，没房没车，倒是愿意倒贴给这个男人。他等于是净身入户。

1

改革开放以来，社会变迁的脚步加快了，社会面貌简直是日新月异。苤姐所在的国有企业，由于管理不善，敌不过私营企业，效益迅速下滑，不久，苤姐竟然下岗了。下岗之后，天无绝人之路，她到民办中学教书，手执教鞭几年之后，连那民办中学也倒闭了。真是屋漏又遭连夜雨！她这是什么命啊！到哪个单位哪个单位就倒闭，说句不好听的话，她是不是命中克工作单位呢！

再次失业的苤姐，做过短暂的化妆品销售，但不能带来稳定的经济收入，很快苤姐便不做了。苤姐是社会上比较早懂得使用电脑的人。90年代初，电脑应用刚刚开始热起来，她由于工作需要，马上就学会了使用电脑。当大多数人还不知道网络是个啥东西的时候,她已经懂得在网上聊天了。

失业赋闲,茋姐难免意志消沉。百无聊赖,便玩起了腾讯QQ。QQ对话时发出的唧唧声,就像连发的机关枪子弹那样,一颗一颗地打在丈夫的大脑上。根本不懂电脑的丈夫,平时连电脑也不摸,他对上网行为却极端反感,甚至仇视。他自己不上网,也不允许茋姐上网,他视上网为洪水猛兽、大毒草。他就是那样霸道,毫不讲理。在他的思想里,上网就是不好的事情。

家庭恶战就此爆发,从此家中无宁日。他时常对茋姐大发雷霆。恶劣的时候,甚至大打出手,打得茋姐头破额裂、皮青脸肿。甚至把电脑也给砸了,抓起她的头朝着墙壁猛撞。他这样做,毫不顾忌自己住的是妻子娘家的房子、吃的是丈母娘煮的饭、开的是妻子买的嫁妆摩托车。

茋姐忍受不了丈夫的暴行,毅然提出离婚,他竟然毫不思索,爽快地答应了。离婚之后,儿子归茋姐抚养。丈夫很快就跟一个在银行工作的大龄剩女结婚,住进了那个女人买的新房子里去了。

有一些女人在婚姻中,默默地忍受着家暴却不敢离婚;还有一些女人深受封建思想残余的影响,宁死都抱着从一而终的理想不放松,无论自己婚姻有多么不舒服,也不去寻找一个解脱之道,而是一直在不幸福的婚姻中抱残守缺,还美其名曰为了孩子。其实是自己软弱,不敢改变,不敢面对不确定的未来。

爱他的时候,可以不计个人得失,他无论多穷都可以接受他,甚至让他净身入户也在所不辞;不爱的时候,也可以勇敢离婚,自己一个人活出自己的精彩,这才是一个女人在婚姻里应该有的底气!

2

离婚之后,茌姐独力抚养儿子,她没有固定收入,日子过得紧紧巴巴的,有好几年,茌姐衣服没买过新的,经常在父母和姐姐们的家里蹭饭吃。不久,父母又相继去世,茌姐连最后一根救命稻草也没有了。但经历了许多,茌姐也已深悟了男人靠不住的道理,靠山山倒,靠人人跑。想要过得好,还是要靠自己。所以,茌姐后来始终坚持不肯轻易再次下嫁。日子苦苦地熬下去,但她相信终有云开见月明的一天。

茌姐坚信自己会有时来运转,熬出头的一天。一次,茌姐在本地的招聘会上看到了一则招聘信息:本地建筑企业招聘一个赴外地工地做会计的人。茌姐果断地投了简历,不久她被录用了。她在四十岁的时候,又做回了自己的老本行。从前她渴望远走他乡,在大城市里生活,但终未如愿;现在,她终于挣脱各种羁绊,振翅高飞了!

她把儿子托付给二姐照顾,自己跟随企业转战各地。去过东三省,去过北上广深。她喜欢旅游,趁在外地工作的机会,好好地疯玩了一把,再也没有人可以束缚她了!她是长出翅膀的人了,她去过鸭绿江、东北雪乡;畅游过周庄,西湖……

三年之后，茳姐厌倦了奔波，又辞了这份需要四处奔走的工作。这三年虽不长，但却给了她走出去的勇气，给了她满满的自信！她从此再也不会自惭形秽、自暴自弃了，也不当一位百无一用的老宅女了、也不会盲目崇拜男人了。对那些不值的男人，她不会俯首帖耳，言听计从了。她说："他们并不比我强多少，为何要在我面前当君主！"

茳姐不再害怕改变，反而喜欢挑战各种可能。她又应聘到东莞一所财会中专当教师。她当了一年教师之后，觉得自己始终不是十分喜欢当老师，她再次辞职了。当她离开中专学校的时候，她教过的学生哭成一片，但也挽留不住她继续向前的脚步。

我也佩服茳姐的勇气，到了这种年龄，依然敢一次又一次辞职！最后，茳姐进入深圳一间大型企业当财务总监，月薪很高。四年后，茳姐在深圳买了房子。如今，她的儿子也大学毕业了，她们母子永久定居深圳了。

茳姐回老家过年，她请我去高档饭店吃饭。当我这次见到她时，只见她妆容讲究，衣装华贵。作为一个小城走出去的离异单身女子，茳姐终于证明了自己的能力和价值。

茳姐从当初那个沉迷网络、虚度时光、过得毫无尊严的女人，变成一位事业有成，在尺土寸金的深圳定居的女白领，真是翻天覆地的变化啊！茳姐的这种变化，不是靠男人得来的，而是靠她自己自强不息奋斗得来的。

成功也不是一蹴而就的，成功需要漫长的过程！一个弱女子想要在社会上获得一些成就，那她首先要学会独立。学会独立也是一个漫长的过程，当我们慢慢地不再依赖他人，就变得可以忍受孤独寂寞了；当我们努力地去追求自我时，那么，独立也就慢慢地向我们靠拢。

独立的女人是美丽的，她是百花丛中高贵的牡丹；独立的女人是优雅的，她是天空中自由翱翔的白鸽。独立的女人富有内涵，没有内涵就不能支撑独立的局面。独立的女人最受男人尊重，甚至使优秀的男人也自愧不如。

远离有害的人，你才会拥有不一样的人生

人在社会上活动，难免会遇到这种人：他跟你只有一面之缘，却要加你为微信好友。我的做法一般是先同意加他，过后我会根据具体情况或选择恰当的时机把他删除。

有一次我去参加某房地产公司的认购大会，坐在我旁边的一个三十多岁的女人十分热情地跟我聊天，然后主动要求加我为她的微信好友，我不好意思当面拒绝她，只好加了。过后，我看到了她发的朋友圈内容，我推测她是一个做保健品销售的人，于是我果断地删除了她。通常这一类人都是很热情的，一直以来，我对这一类人都比较反感。我知道今后跟她再无交集，留她在朋友圈内毫无用处。

人际圈管理（包括手机微信朋友圈和现实生活中的人际圈），有的时候是做减法，但有的时候要做加法。做加法的，

是对最重要的核心人群的维护，用来丰满自己的人生体验，增加新的可能性；需要做减法的，是那些对自己的生活构成干扰的人。在此先说要做减法的人。有三类人，一定要果断远离。

一、第一类是伤害你的人

如果一个人在精神上不断凌辱你，在肉体上不断伤害你，闺蜜也好，伴侣也罢，都要离开这个人；实在不能离开的，也要尽可能减少接触的机会。我的闺蜜白瑕，是属于富二代那种人，但她身上丝毫没有富二代的骄纵。她身材纤细，面容姣好。在性格上，她是一个文静内敛的人，就是有点胆小怕事，凡事不喜欢出头，总喜欢默默地躲在角落里。也许是她的这种性格，才容易被渣男欺负。

原先，她在自己的工作单位交往了一个男同事。那男同事的家庭是农村的，农村人找对象要看生肖合不合，如果生肖不合，那是绝对不能结婚的。而白瑕家里是城镇的，她的家庭思想比较开明，并不迷信生肖。

其实男方在一开始时也并不在乎生肖，但是等到白瑕提出要谈婚论嫁的时候，他才拿生肖说事，说是家里人严重反对。白瑕不同意分手，因为她潜意识里还是带着从一而终的思想。但男方很无耻，叫他家人来威胁女方的家人，说如果女方不同意分手就要杀了女方全家。

既然渣男都这么渣了，坚持不放手还有什么意义呢？女方只有放手了。渣男飞速地另找对象结婚了，也许渣男是早就一脚踏两船，这会儿玩腻了白瑕，又觉得白瑕的性格懦弱好欺负，才一脚踹了白瑕，只是白瑕无知无觉而已。

但是剧情很快就反转了。渣男结婚不久，新鲜的劲儿刚刚过，渣男就又开始打电话给白瑕，说十分想念她，后悔娶了一个母夜叉，还是白瑕温柔可爱。这次白瑕并没有上当。无论渣男怎么发信息、打电话和死缠烂打，白瑕都不为所动了。

几个月过去了，半年过去了，渣男还不死心，时不时就来骚扰白瑕一下。白瑕把他的电话拉黑，他不死心，又换了电话号码打电话，发信息给她。白瑕最后是忍无可忍，干脆调离了她原来的单位，到一个新单位重新开始。

可惜这么好的白菜被猪拱了，白瑕从此走上不婚路。她喜欢上了旅游，一有时间就去爬山，远足，周游名山大川。去天山徒步，差点在天山迷路走不出来，这也吓不到她，她还是坚持下次又去别的名山。她没有后悔不婚，她找到了自己的价值所在，并不是婚姻。

二、第二类是不断抱怨、不断倾诉的人

如果一个人连续三次跟你抱怨同样的问题，你也给她答案，她仍然不解决，第四次，你就该远离她，因为她永远不会改变，她的快感不在于解决问题，而在于抱怨本身。

戴茜那时最大的困扰是丈夫出轨。她的丈夫45岁左右，在外包养了一个25岁的年轻女子。此时，她的丈夫已经做得很过分了，几乎是完全不在乎戴茜的感受，公开不回家，直接跟小三在外面租房同居。戴茜自己则守着一幢五六层楼高的大房子，每层都有一两百平方米。房子大而冷清，没有人气，简直就像一座豪华的坟墓。儿子已经读高中毕业班了，住校，也不回家。丈夫是不会主动提出离婚的，他正在享受齐人之福！

戴茜十分痛苦、焦虑、压抑，人也变得疑神疑鬼，甚至怀疑隔壁邻居对她下了巫蛊之毒，才导致她丈夫出轨，家庭生活不幸福。

当我听到她说这些话的时候，我觉得她离疯掉也不远了。我极力开解她不要疑神疑鬼。我本人是绝对不相信这些话的。怀疑邻居是毫无证据的，邻居不可能无端对她做这样的事情。退一万步来讲，就算邻人真的做了那事，但只要自己不相信封建迷信那一套，那也是对自己毫发无损的。

由此可见，戴茜是一个缺乏独立思想和独立经济能力的普通家庭主妇，再加上她的性格软弱无能，她的丈夫才不把她放在眼里！

开始时她一味抱怨丈夫花心，不负责任，我也跟着她一起谴责渣男，这很解气。然后，她说想报复小三，想亲自去打小三，但最终是缺乏行动能力；又想找人去帮她打小三，最后还是不了了之；又想找人跟踪丈夫，拍下照片作为证据要挟丈夫，让他不再出轨，但她又担心拍摄者反过来利用照片要挟她丈夫，总之顾虑多多，后来也没有实施。

最后，她只能是想办法来逃避。她想自己搬出去租房住，离开这座豪华而冷清的像坟墓一样的家，但又始终找不到满意的房子来租。不是嫌房租贵，就是嫌房子位置和环境不好。

她又想远走高飞离开家这个伤心地，去广州打工，或者去珠三角找事情做。但是她要等到儿子毕业之后才能做出决定，她要看儿子考上哪里的学校，然后她就跟着儿子走，到儿子学校附近租房子，照顾儿子的生活，离开家了，就眼不见为净。

我给她的建议是果断离婚，但她还是犹豫不决。也许她本来就没打算去解决问题，她找我谈心只是找个可靠的人来倾诉一下心中的怨气而已。我对她而言，做一个倾听者就足够了。

但人面对困境总是想去解决的。我再三劝她离婚。但她总像一只无头的苍蝇，在原地不断打转，没有任何实质的进展。后来我终于明白她是没有勇气做出决断的。她是一个习惯依赖丈夫生存的女人，所以无法做出决断。世间上这样女人很多，一般都是依赖型人格。这种没有独立人格的女人，她的崩溃不在于离婚带来的损耗，而在于到底要不要离婚的纠结。

当事人不仅仅把婚姻看作一种关系，还把它看成是生命中的一部分，把对方看作自己生命完整性的一部分，这是不对的。正确的看法是，婚姻只是一种关系，是可以结束的。

女人要有自己的职业，自己固定的收入，才能培育出独立的性格，所以女人一开始嫁得好并不是一生的保险，因为不能保证丈夫一辈子都爱自己。女人最大的保险还是靠自己的努力。

处在婚姻危机中的人，最重要的是尽快挽救婚姻，或者离异，而不是逃避和拖延。大多数人都会有这么三四次的摇摆，这是拖延离婚的方式，也是挽救婚姻的方式。

如果实在不能忍受丈夫出轨那就离婚，如果不想离婚那就忍受，二者选择其一。我已经给出建议，可是这位女士还是不能决断，还继续不断地抱怨。她的选择很明显是拖着不解决，其实拖着也是一种办法，拖到拖无可拖的时候，事情自然就迎刃而解了。但我最不能忍受的是她始终理不清头绪的状态，天天找我倾诉，又不解决问题。我感觉跟这样的人交往真的非常烦恼，后来她再打电话给我，我就故意不接她电话，几次之后，她自然就不来烦我了，慢慢地她就淡出了我的生活圈。

三、第三类是麻烦型的人

我们经常麻烦别人，也会被别人麻烦。但一个成年人，如果不能为自己的行为负全责，就会持续不断地给别人惹来麻烦，这样的人就是人际交往黑洞，请远离他。

我有一个女同事，她的年龄大不了我几岁，我们都是处在壮年时期。我工作之余天天学习，天天进步，而她早就不求上进，不再学习新的知识，把自己列入等退休的名单里面去了。而她很不幸赶上了现在这个必须天天学习的时代，所以她是无比恐慌的，但她并不会克服困难去学习，改变自己，而是每次都去麻烦别人帮她。

她是那种连电脑都不会开机的人，每次都让我帮她在网上搞定远程培训的课程，就连在网上报个名，填个表这样的小事都要找我。这种事是每年都有的，而我从来没有求过她帮我做任何事情，因为我遇到不会的事情都会主动去学习，根本不需要她帮我。

电脑我也不是天生就懂的，我也是走出学校后坚持不断学习才熟练掌握的。我觉得能够自己学会的事情，就一定要自己搞定，从来没有像她那样逃避学习，每次都去麻烦别人。

现今社会是个讲究效率的社会，时间就是金钱。谁的时间都很宝贵，我的时间并不是没有用处，我不帮她做事，我可以用时间来撰稿，赚取额外收入。所以，不能一而再，再而三地免费无偿帮人做事。

后来我就借故拒绝她一次，还和她说我是凡事不求人的人，什么都可以通过自己的学习去搞定，她大概是领悟到我的意思了。后来她在自己的朋友圈中晒出自己通过摸索搞定了电脑故障，还会自己换坏了的电灯泡等等事情。从此再也不来麻烦我了。

四、建立高效社交圈的两个建议

以上这三类人基本都是人生负能量,别让他们拖累你。还有一类人是比较难明确是否应该放入减法名单里的。比如你的小学同学、中学同学、前同事。如果你们的思想轨迹、生活方式已经相去甚远,那么该淡出你朋友圈的人就淡出,你没有必要成天活跃在小学、中学同学群,前同事群里。这一点对女性尤其难,女性似乎更长情,但长情的另一面,其实是懒惰和停滞,是待在甜蜜的舒适区止步不前。

建立高效社交圈的两个建议:

第一,社交圈始终和你的人生目标在一起。

确定了自己的人生目标,社交活动也应该跟人生目标绑定。你想成为一个优秀的职业女性,就要跟敬业、好学、终生奋斗的人在一起,每天闲云野鹤,动不动就说要辞职满世界去看看的人,不是你的同类。

如果你想减肥成功,你就要减少跟美食团混在一起,而是加入减肥者的行列。你们会交流信息、互相鼓励,甚至隐隐妒忌,这都是你达成目标的动力。

第二,固定的目标和固定的人去做。

有些女性,自己的全部都指望在老公或者男朋友身上实现陪伴,如果不,就会觉得感情或婚内孤单。

但其实有谁能符合你所有的想象,满足所有要求?将你的诉求分开，各取所需，就各得其所。经过一段时间的磨合和摸索，你应该非常清楚，身边的朋友，谁和你有共同的兴趣爱好。找到真正合适一起做的人，并且固定跟他们做。看电影、看展览的是一拨，运动健身的是一拨，专门逛街的是一拨，品尝全城美食的是另一拨，当然他们也可能重合。

真正有意思、有意义的交往一定是平等的、撞击式的、都能享受到乐趣的，而不是被迫、将就的。

为什么他越坏,我却越爱他

笔者从一本名为《深蓝的故事》书中,看到一则惨痛的故事。这是一本警察创作的纪实类故事集,深蓝就是警察服的颜色。书中主要讲述了一个女大学生因男友而吸毒的故事,令人触目惊心。

大三女生深爱着她那个帅气的混混男朋友。她说自己吸毒是为帮男友戒毒,这样,男友就会对她不离不弃了。她很天真,但现实却很残酷。有一天,她跟男友在小旅馆里吸毒,被警察抓了,她哭着恳求警察不要通知她的学校,她承诺自己会戒掉毒瘾的。

后来,警察和她的父母全力帮她戒毒,想了很多办法,但不幸的是,所有的努力都没有成功。她一次次地发誓,一次次地宣称自己会戒毒成功的。但时隔不久,她又再一次复吸了。终于,她放弃自己了,在一个夏日的傍晚,留下一张字条后离家出走,后来就杳无音信,留下一对苍老的父母和一个破碎的家庭。

而她的那个男友,依然在吸毒,并且不断地更换新的女友,经常在街面上招摇过市。那些懵懂的女孩子为他前赴后继,甚至充当他的毒资来源。

女大学生是为爱执迷,而走上不归路的。执迷者很容易被那些"问题人物"吸引。所谓"问题人物",就是那些找不到工作的人,或者不愿意工作的人,夜夜宿醉的酒鬼、吸毒者、骗子,甚至虐待狂或者逃窜中的罪犯。

不管情况多么糟糕,这些执迷者都相信自己能拯救对方,她们相信只要足够的付出,就一定能挽救"问题人物"于水深火热之中。这种强烈的信念被称为"救世主情结"。"救世主"意味着力量、崇高、美德、慈悲,这种角色才很是唯美浪漫。

有"救世主情结"的执迷者,她们会倾尽全力去解决对方为她们制造的各种严重问题。她们相信,一旦解决了这些麻烦,"问题人物"就会华丽转身,变成她们的"完美情人"。生活中有着"救世主情结"的女人并不罕见,下面又是一则令人感到困惑的故事。

一、网恋引来"吸血鬼"

10年前,一个26岁的穷小子,从遥远偏僻的贫困地区来沿海大城市寻找机会。他学历不高,也没见过多少世面。初来乍到,以为城市里遍地黄金,总想着在这边能一夜暴富。他不好好打工,三天打鱼两天晒网,一有时间就混迹网吧,不是打游戏就是在网上泡妞。他耳中听着各种一夜暴富的传闻,心中想着能在网络上钓到一个富婆,那样的话,他在异乡的奋斗就可以减少十年了。

一天,他梦想中的女人,一个网名叫做"温妮"的女人出现了。跟所有的网恋剧情一样,他每天都主动找她,天天在线上嘘寒问暖。但跟在网上冒充富豪的诈骗犯不同,他并不隐瞒自己的贫穷,反而在温妮面前一个劲地哭穷。那时他的确是穷途末路,漂泊异乡,工作不稳定,也不能吃苦耐劳,日子过得是吃了上顿没下顿。

温妮虽然年纪不小了,但却很单纯。她非常同情他,禁不住他天天哭穷,一时心软就打给他五百块钱,期望能够帮助他渡过难关。穷小子尝到了甜头,就想方设法搞清楚温妮的住址,然后他就冲过去跟她见面。

见面后,穷小子才知道温妮并不是富婆,而是一个离异独居的女人,年龄还比他大了整整一轮。虽然温妮并不是富婆,但她有高学历,有稳定的工作,有房子。

温妮离婚后，心灵遭到重创。她不想再婚，即使她想再婚，也很难找到一个称心如意的对象了。温妮衣食无忧，现世安稳，岁月静好。她不需要找一个男人来养她，她只希望自己的感情有一个寄托对象而已，所以对方有钱没钱不是那么重要。

在温妮人生最灰暗、最孤独的这段时间，她想有人陪伴。他出现了，年轻、白皙、帅气，符合温妮的心理预期。他就这么闯入她的生活了。他好像并不介意她的年纪，这让她的感觉很好，她完全被他迷住了。

每隔一段时间，他就来温妮这里住些日子，长则几个月，短则几天，然后索取一笔钱财，多则两三万，少则几千元。他拿这些钱美其名曰是去做生意，温妮也希望他快点步入事业的正轨，而不是永远都来盘剥她。她把对他的付出，想象成为投资，将来是会有回报的。但事实是他根本不是去做生意的，他拿了这些钱，就是为了出去挥霍的。

在开始的几年，他每次拿到钱，就是去尝新鲜，哪些事情没做过的，要去做一做；哪些美食没吃过的，要去吃一吃；哪些地方没去过的，要去玩一玩。

胡吃海塞，胡玩瞎逛，把钱花完了，又来索取。温妮并不是每次都痛快地给，她跟他总是一番打斗。那些钱毕竟是她的血汗钱，要她的钱是等于割她的肉啊！但无论温妮怎么哭，怎么挣扎，他不为所动，连抢带骗，到最后，他总是得逞。

中间两三年，他感觉混不下去了，就回了老家。温妮和他中断了联系。在老家，他过得更加穷困潦倒。

某一天，温妮突然又想起他了。痛过之后，她又忘了痛。她想知道他的近况，就又把已经删掉的QQ，重新加上，又联系他，他又从家乡来找她。

他们相处的模式并没有丝毫的改变，他又开始对她新一轮的盘剥。但不同的是，这一次他年龄渐长，开始尝试去做一些小本生意了。他独在异乡为异客，做不了大生意，没那个财力，没那个人脉关系，只能做小小的中间商。但现在是信息社会，中间商的生意很容易失去，一旦生意两端的商家取得了信息上的联系，就不需要中间商的介入了，所以他中间商的生意是时有时无地做着，收入不稳定，后来又开始靠信用卡和网络借贷平台生活了。这是饮鸩止渴，但他需要这样解决燃眉之急。

短短两三年间，他欠了十几万的巨债。他家里赤贫，回家求助直接被父亲赶出家门。此时，温妮已经在一年前又跟他提出分手了，她拉黑了他所有的联系方式。但没有用，当他走投无路时，还是不顾一切地冲上门来求温妮帮他。

温妮这次也没能逃脱他的盘剥。这十年间，就是他不断从温妮这里弄钱，然后填进他挖的坑里的过程。十年时间，他在自己的职业道路上没有多少长进，都是在失败再失败之中循环往复。

温妮帮助穷小子解决经济困境的努力，就像想要拿一把扫帚扫干海水一样，机会渺茫。

温妮像所有有"救世主情结"的执迷恋人一样，被卷入各种麻烦的漩涡当中。穷小子是一个典型的渣男。总是游走在各种灾难的悬崖边缘。他们相处的过程中,他总是灾难频发,不是家里的人患上严重疾病,需要钱治病,就是自己开车撞倒人了,需要钱赔医药费。他一会儿要买新衣服,一会儿又被债主追账。

要是他终于肯出去工作了,定是过不了多久就跟老板闹翻了,他一年到头入不敷出。但穷小子不认为这是他的问题,穷小子解决问题的办法,就是借助温妮这个保护伞,去躲避整个世界对他的嫌弃。似乎所有的人都在背叛他,利用他,挫败他。

二、她在这段感情中到底得到了什么?

旁人很难理解是什么在支撑着温妮,在这段感情中,温妮的情感需求完全被忽略了,她忍受着一种特别痛苦的孤独感,身处一段恋情中,却几乎什么都得不到。所有的执迷者几乎都是如此,爱着的那个人分明就在身边,心却遥不可及,在感情的世界里,她总是得不到爱、支持和欣赏。

一个爱无能的情人,就和关上心门弃你而去的人是一样的,亲密关系是靠相互给予,又彼此收获,分享感受、思想、梦想与经历,点点滴滴的交织而造就。

大部分执迷者会自我催眠,采用理想化的方式忽略恋人的缺点。温妮很清楚对方的缺点和他的糟糕的生活方式,但依然无法彻底离开他。

很多执迷的恋情,尤其是"救世主"与"问题情人"模式的恋情,都结束过不止一次,而是很多次,分分合合,让人心力交瘁。

如果你是一位"救世主"型恋人,而你意识到了对恋人的奉献应该有底线,或者你想退出那种不健康的感情,那么非常需要注意的一点是,千万不要盲目相信自己已经走出来了,尽管理智上认为再也没有回头路了,可大部分救世主都没有能力拒绝"问题情人"再度闯入他们的生活。

"问题情人"最擅长玩弄"救世主"的同情心和善意了。穷小子一味地向温妮诉苦,只要他表现出很低落的样子,温妮就忙不迭地敞开心扉,同时也敞开她的钱包。

"救世主情结"的特点就是,"问题情人"看上去软弱无能,但实际上他才是操纵者,他掌握着感情的主动权;相反,"救世主"貌似是掌控者,但实际上是感情的傀儡,慢慢地被恋人的需求榨干。被操纵心智的时候,执迷者很难拒绝恋人的需求,但是这种反复营救、无节制的付出模式是可以摆脱的。

不想摆脱,是因为怕麻烦。

世间真的有温妮这种傻女人吗?读者一定是困惑不已!读者诸君对温妮的感受,一定是哀其不幸,怒其不争吧!或者认为她是在自找虐待,根本不值得同情。

其实温妮有很多种办法可以赶走他,但她一种也没有使用。其一,她可以再婚,搬离原址,过回正常的婚姻生活,那样的话，他就没有办法纠缠她了。其二，她也可以求助亲戚朋友来帮忙赶走他，她是本地人，在本地生活多年，不至于一个能帮上忙的亲戚朋友都没有，但她始终都没有这样做。

三、她真的在这段恋情中一无所获吗

世间的真相往往是这样的：滥好人总是会和坏人在一起的。"好人"是在追求被虐吗？或者，只是为了追求虚幻的道德自恋感吗？

"好人"在"坏人"身上一点好处也得不到吗？当然不是。每个人的行为，都是在追求好处，问题在于我们是否知道自己在追求什么样的好处。

"好人"和"坏人"在一起，是在追求一些"坏人"能提供的好处，"好人"常常不能拒绝"坏人"的盘剥，是因为看起来很简单的拒绝行为，背后藏着让"好人"惧怕的东西。

那现在就来做一些分析，看看"好人"和"坏人"在一起，有怎样一些显而易见的好处？

第一，大家都同情"好人"，哪怕不喜欢"好人"，对其敬而远之，但仍然会对"好人"报以同情。

第二，"好人"和旁观者，都容易觉得，问题都是出在"坏人"身上，"好人"和"坏人"关系中的所有问题，都是由"坏人"导致的。

第三，"好人"还有一个通常意义上的好处，那就是"好人"想保持关系的继续。"好人"很担心一旦发起攻击性，关系丧失，自己就会陷入孤独中。在温妮的例子中，就表现为温妮已经对穷小子投入那么多了，所以不想失去穷小子。

第四，"好人"还有一个隐秘的，不太为常人所理解的好处，那就是借"坏人"来应对外部世界。在温妮的例子里，应对外部世界其实并不是希望穷小子能够来保护温妮，而是温妮想借着穷小子这个"虚假的配偶"来抵抗自己再给其他男人机会。其他男人的不确定性太大了，条件糟糕的男人会是这样的：又矮又黑、又老又臭、又恶又变态的男人。温妮明知自己识人不易，不想再投入精力和时间去结识其他男人，而眼前这个男人除了喜欢钱之外，其他一切还可以接受。

还有就是，前夫对温妮的精神伤害实在是太深刻了。前夫每天都对她使用冷暴力，动不动就给她看脸色，对她吹毛求疵。她太害怕再遇到那样的男人了。穷小子至少是依赖她的，他对她没有使用冷暴力，只是热烈地索求。她宁愿被索求，也不愿意再遭受冷暴力。想起自己遭受过的那些冷暴力，温妮都会浑身颤抖。所以她宁愿被穷小子盘剥，也不愿意再走进不健康的婚姻关系当中。

说到底，温妮是一个怕麻烦的人，自己惹上的麻烦，她想靠自己的能力扛过去。对她而言，麻烦别人是件羞耻的事情，何况，这种年纪相差很大的姐弟恋，被外人知道，会让别人笑死。她最怕面对羞耻感了，这比杀了她还难受。

怕麻烦的人，从另一个角度来讲就是一个自体虚弱的人，也就是软弱。自体虚弱会导致严重的羞耻感，导致人不敢面对自己，容易得"救世主病"，很容易给别人好处，以此显示自己的强大。

四、执迷者是可以被治愈的

也许你正在为一段已逝去的恋情悲伤不已，也许你还在苦苦纠缠一个不喜欢你的人，也许你明知自己的执迷会毁掉这段恋情，却还在笨手笨脚地挽留。尽管治愈之旅并不容易，但痛苦会慢慢减少，你要慢慢平静下来治愈自己，在这个过程中，你要学习一些技巧，用来帮助你摆脱执迷，或者在一定程度上控制自己，当然这需要拿出足够的勇气、时间、精力、决心和耐力。这些练习和技巧帮助过很多人，相信对你也会有帮助。

转移注意力

有些执迷者试图修正自己的缺点，让自己变得更值得爱，这样就会挽留恋人。不幸的是，他们走错了方向，他们应该把注意力从恋人的身上转移到自己的身上。

直到现在，你还一直把感情寄托在恋人的身上，如果对方接受你，你就高兴得像是上了天堂，如果对方拒绝你，你就像坠入了地狱。我请你将注意力放在自己的身上，找回你错位的自尊、自信和自我价值感，好好爱自己。请不要抱着重新追回恋人的目的而做出改变了，如果你做出的改变，让恋人重新回到你的身边，那再好不过。如果没有，那么你做出的努力能够让你平静下来，以全新的方式迎接新的恋情，或者即使没有恋爱，也能好好地生活。对于你来说，最大的胜利就是重新发现自己的价值。

给感情放个假

执迷行为模式就像是一场旷日持久的心理风暴，让人迷失自己。想重获情感平衡就得逃出这场风暴，必须拿出勇气，采取行动，放弃执迷行为，或者放弃执迷想法一段时间，这就是给情感放个假。在这一段时间里，离开恋人，停止对恋人的追逐，在这段时间里，只关心自己，学习一些控制执迷模式的技巧，现实地看待自己的处境。

走出孤独

执迷是一种孤独而又绝缘的状态，当执迷者眼里只有自己的恋人时，他们常常疏远朋友，家人和同事，执迷者忽视周围的人。很多执迷者跟朋友聊天时，总是三句不离自己的恋人，或者喋喋不休地诉说失恋的痛苦，在情感假期里，你要扭转这个趋势，邀请老朋友出去聚餐，去听一场音乐会或者看一场电影，拿起电话重新联系旧相识，去看望许久不见的家人。

找到其他兴趣，比如重新参加每周一次的网球赛、瑜伽课和志愿者活动。重新拾起你因执迷而丢弃的生活方式。

与孤独和绝缘状态做斗争的唯一方式就是让自己走出去，

花时间和别人在一起。你可能会惊喜地发现，只要你愿意从执迷的束缚中走出来，即使没有恋人在身边，你也能开心快乐，能让你开心快乐的事情多了去了，给自己买一束鲜花，给自己买新衣服，到海边去走走，跟朋友去打球，参加一个培训班，发展一种爱好，只要你喜欢。

黏稠的爱会致命

自己的事总是被别人控制,就像被困在黏稠的液体中,身不由己。当自己的事能由自己做决定时,就感到浑身轻松,自由快活。中国的年轻一代习惯于依赖父母的照顾,就算大学毕业,找到工作以后,还要依赖父母帮助结婚,买房,照看孩子……这看似子女占了父母很多好处,但父母也增加了对子女的控制,这使代际关系变得黏稠,家庭矛盾由此产生。

而西方人的代际关系就清爽多了,他们的年轻一代早早地从父母的羽翼中脱离出来,成为一个个有强烈独立意识的个体。

一、黏稠的爱会致命，清爽的爱才会走得更远

2018年秋天的一个夜晚，来住宅小区内发生了一件跳楼自杀事件。这可以说是一个代际关系不清爽，夫妻关系更不清爽所造成的悲剧。

跳楼的是一个三十多岁的女人，名叫阿丽。死者的丈夫就守在尸体旁边哭泣。警方在接到报警之后，很快来到现场，迅速展开勘查工作。但根据警方对阿丽尸体的检查，发现阿丽的死因可疑。

最后，警方得出结论：阿丽不是跳楼自杀的，而是有人把她的尸体从楼上丢下来，伪造了她跳楼自杀的现场。谋杀阿丽的最大嫌疑人自然就是她的丈夫齐某。

齐某和阿丽结婚已经十年。他为何要对妻子痛下杀手？他们之间有什么深仇大恨？齐某和阿丽于2008年结婚。阿丽身材曼妙，长相可人，但齐某更欣赏的是阿丽的性格。阿丽的性格比较要强，齐某的性格相对软弱。他很享受阿丽像一个大姐姐那样照顾他。阿丽比齐某大两岁，他们是姐弟恋。齐某的家乡在北方，父母是退休工人。齐某因读大学来到上海，毕业后就留在上海工作。

阿丽的家乡在南方，她七岁丧父，母亲改嫁。在贫寒并且重男轻女的家庭环境中，阿丽养成了倔强的个性。阿丽中专毕业之后就来到上海打工，开始了自食其力的生活，从那

时起，她就不再靠别人生存。据她弟弟说，阿丽在公司曾一度不被重视，但阿丽性格好强，容不得别人瞧不起她。她凭着自己的努力给公司拿下了一个大单子，然后把这个难得的单子甩给本公司的人，而她自己就辞职不干了。这真是一个刚强到骨子里的女子，让人联想到电视剧《都挺好》里面的苏明玉。

性格互补的阿丽和齐某，结婚之后，他们也过了一段甜蜜的幸福生活。那段时间他们租房子住，虽然收入不多，但是很快乐。后来他们买了房子，但矛盾也由此产生了。一对外来的小夫妻想要在尺土寸金的上海安家，得有多难，这也是可以想象得到的。为了儿子能在上海买得起房，齐某的父母把他们在老家的房子卖了，东拼西凑，凑够60万元，帮了儿子一把，儿子终于顺利在上海买了房子，二老也搬过来跟儿子一起住。

两代人住到一起后，婆媳矛盾上升为主要矛盾。婆婆在自己的家庭中原是属于强势的一方，公公要听她的，儿子也习惯听她的。父子关系疏远，母子关系亲密是中国男人最常见的代际关系。两个强势的女人住在一起，其实就是两个女人在拉扯一个男人，这是家庭矛盾爆发的根源。面对家无宁日，齐某的心情极度苦闷，他不知道怎么处理复杂的家庭矛盾，于是他在网上找女人聊天，很快他就出轨了。

家庭的矛盾始终无法解决，最后儿子只好让父母回老家去了，但父母在老家的房子已经卖掉了，他们回去也只能是租房子住，儿子心中的愧疚可想而知。

为了挽救这个小家庭，儿子还是选择牺牲父母的利益。父母回去之后，齐某的压力减少了，他的出轨也结束了，他选择回归家庭。但半年之后，他出轨经历的蛛丝马迹却被妻子翻看他手机的时候发现了。阿丽大吵大闹，发展到要求离婚。齐某无奈只好答应离婚。但是在他们已经签完字离完婚的当晚，阿丽后悔了。她打电话给齐某，叫他出来见面。如果他不出来见她，她就跳河自杀。最后齐某还是出去见了阿丽，于是他们又和好了。别看阿丽很强势，其实她更离不开齐某。阿丽自小在原生家庭里缺乏关爱，一旦与齐某结婚，就把齐某当作是不能离开的人，紧紧抓住不放了，阿丽与齐某已经形成一种共生关系。

复婚之后的阿丽并没有真正原谅齐某之前的出轨，反而是变本加厉地向齐某索取更多的爱，更多的关注和补偿。她对丈夫的一举一动都不放心，尽管丈夫还是对她有感情的，也答应她不再出轨，但她每天还是怀疑丈夫对她不忠。齐某由于工作关系需要经常出差，齐某出差在外过夜，阿丽便要求齐某打开手机的视频功能，整夜不许关闭。一旦关闭视频，阿丽就怀疑齐某是在出轨。阿丽甚至要求齐某每次出差都带上她。如果齐某实在不方便带上她，阿丽的电话就会不停地打进来，有时齐某正在和客户谈业务，电话一响就会催逼得齐某心神不定。

案发前几日，齐某照常带阿丽出差，当天在回来的路上，他们一路争吵，吵到激烈时，齐某情绪失控，把阿丽掐死了。阿丽死后，齐某把她载回来，搬上楼上自己的家中，然后把她抛下楼,制造阿丽跳楼的假象,但假象终究瞒不过警方的火眼金睛。警方很快查出了真相,齐某也对自己的罪行供认不讳。

齐某被抓后,在被审讯的过程中他一边抹着眼泪一边说:"在家里看美剧的时候,我只能看她指定的美剧,还要跟她一起看。我不可以看我自己喜欢的。就好比我有一双腿,在她的控制之下,我走路都不知道要先迈哪一只脚,后迈哪一只脚。我觉得我先迈哪一只脚都是错的!而她却说,你不需要知道你要先迈哪一只脚,你只要知道爱我就行了!"

从外表看来强势的阿丽,其实内心是自卑的。她从小家庭环境不好,她的利益总是被牺牲的。小时候她也是希望得到家人的关注和疼爱,但她一次次地希望落空,到最后变得不再寄希望于家人。她越来越独立,性格越来越刚强。

她早早地离开家,在外打工独自生活。好不容易遇到自己可以依靠的人,所以她害怕失去这一切。虽然每次争吵都是她主动离开,但她内心是渴望齐某出去追她回来的,可齐某好像并不领会她的心思,所以她对齐某的爱变得黏稠,对齐某的爱收得越来越紧,齐某也逃得越来越远。

二、发现关系不合适时,可以及时止损,而不是死缠到底

齐某对阿丽给他的这种黏腻的爱,控制的爱,紧贴到没有一丝缝隙的爱,已经感到异常的窒息!他想挣脱,但越是

挣脱，阿丽就栓得越紧。这时候的齐某，情绪已经接近崩溃的边缘。

齐某是一个软弱的男人。他能把这段控制型的感情在离婚时果断结束就好了，但由于心软，他给了阿丽继续纠缠下去的机会。一时的软弱，酿就了一生的悲剧。

好的爱情，是两个人都要觉得舒服。好的婚姻是亲人般的关系，细水长流，而不是轰轰烈烈，爱到要死要活的状态。即使再相爱的两个人，也不可能一辈子永远都在一起。每个人都是一个独立的个体，不可能把自己完全栓在另一个人身上。

人在二十岁的时候，基本上都是处在单身的状态，只有人生中间的这段时间，人是组建家庭，在婚姻生活中度过的。到了老年的时候，也是一个人先走，另一个人后走，极少是一起走的。感情中如果有缘就能够很好地在一起，如果无缘，还是早点结束为好。一别两欢，各自安好。

然而女性对爱情总有一种很深的执著，这就好比女人对珠宝的执著。当女人看到一件自己一见倾心的珠宝时，没有得到它就日思夜想，要彻底拥有它内心才能妥帖，不达目标决不罢休。齐某是有出轨前科的，性格那么好强的阿丽是不可能完全原谅他，然后和他重新生活的。面对失而复得的齐某，她要完全占有齐某的心，自己才能放心，所以她要齐某不断地保证爱她，她不允许他的心有半点不在她的身上。所以她要他出门都带着她，寸步不离。但人又不是物品，她不能像珠宝那样彻底占有他。她把齐某当一件物品那样看管着，这样必然导致齐某的反抗。该放手的时候就放手，这样处理的话，关系就会变得清爽。可惜齐某并不懂得这样处理。

中国人民公安大学的李玫瑾教授讲过的一个故事：一个女孩子在大学时和自己的大学男同学谈恋爱，毕业以后，两人一起到了一个城市去创业。他们开了一家公司，一切都很顺利，很快他们就事业有成了。后来他们结婚，她生了一个儿子。一切都那么美满，但是后来男方和他的女秘书出轨了，回家次数越来越少，女方很痛苦，就提出离婚。婚也顺利地离了，孩子归女方，公司归男方。

但后来女方越想越生气，女方以孩子的名义再一次起诉男方，要求分得更多的财产。但男方却利用探望孩子的机会，偷偷地把孩子带走了，公司也注销了，男方离开这个城市，躲了起来，不让女方找到他。女方落得既没有孩子也没有公司，更没有老公的下场，可以说是一无所有了。她特别痛苦，更咽不下这口气。

她找到了报社，请求帮助。报社也请了很多专家来帮助这个女孩子，专家们给她出了很多主意，比如掘地三尺也要把男方找出来，想办法冻结男方的财产等等，李玫瑾教授是心理学方面的专家，她没有马上给出她的建议，等大家都发表意见之后，她才说：我的意见她不一定能够接受，我还是不说了。其他专家就对李玫瑾说：你既然来了，就给她一点意见吧！

这时候李玫瑾教授才给出自己的见解，她的建议很高明！她就对女孩子说：刚才大家都给你出了很多主意，这些主意会让你继续付出很多努力去争取你的利益，但不一定能够争取得到，你也将会继续付出很多痛苦。我现在问你三个问题，你看你怎么回答？第一个问题就是：你在没有他的时候，你能不能活？你今年 28 岁，你在 20 岁左右还没有认识他的时候，你是能够活的。第二个问题就是：你有很多优势，你和他是同学，和他一起创业，还结婚生了孩子，你比那个女秘书有更多的优势，但为什么他还会离开你？第三个问题就是，你花那么多时间去找到他是否合算？你现在 28 岁，如果你能活到 70 岁，你还有四十多年时间，若活到 80 岁，还有五十多年时间，这么漫长的时间，你可以活得比他更好，而不是把这些时间花来找到他。

　　李玫瑾教授没有给那个女孩子具体的答案，但那个聪明的女孩子在李玫瑾教授的点拨之下，应该是就此想通了，放下了，不再去找那个男人，而是把精力花在怎么过好自己的下半生上了。

　　是啊！找到他又如何呢，还能破镜重圆吗？要不，你还能把他怎么样呢？杀了他吗？这些都是不现实的，唯一能做的就是活得比他更好。如果有个过来人在旁边给阿丽点醒一下，阿丽可能也会走出执著的，但很可惜，阿丽没有这样的机缘。

三、停止"追与逃"的沟通模式,建立良性的沟通方法

从阿丽和齐某的沟通模式来看,阿丽是主动出击的一方,齐某倾向于逃避。这是由他们的性格因素决定的。阿丽因为得不到齐某的回应而指责他,而齐某则通过沉默来逃避阿丽的指责,两个人就好像在感情的赛道上,一个在拼命地追,另一个在拼命地逃。两人形成了相互加强的循环。追的本质是希望对方能有更多的回应,希望能在感情上和对方更靠近。逃的本质是通过回避对关系的讨论,来回避情感的矛盾。

追和逃反映了伴侣各自不同的防御方向。当感情出现矛盾时,一方希望离得更近,通过接近和融合来缓和关系带来的焦虑,而另一方则希望离得更远,通过回避和疏离来缓解关系带来的焦虑。

怎么样才能停止追与逃的沟通模式呢?那就是追的人停止追,逃的人停止逃。这说起来很简单,但做起来难,因为追逃的背后,有着夫妻双方更加隐秘的愿望。

更深的原因是人们放不下理想爱人的样子,人们很难忍受现实中爱人的样子跟自己想象中爱人的样子是不同的。

也许有人会觉得阿丽是一个很不讲理的妻子,齐某像是一个受害者。当齐某说自己在阿丽的控制下不知道应该先迈出哪一只脚的时候,他好像是把所有沟通的责任都推给

了妻子。男人难以面对矛盾的时候,更愿意自己有一个不讲理的妻子,好证明他实在没有办法了,逃避是很合理的选择。其实没有哪一个人是真正可以绑得住另一个人的双脚的。

解决沟通的难题,需要两个人承担起沟通的责任,无论内心有多害怕冲突,多么厌恶对方的指责,也要试着跟对方好好说,只有这样,才有可能解决问题。

不在冷暴力中爆发，就在冷暴力中死亡

骆琳与前夫仕庆离婚已整整十年。十年之后，当她回想起前夫过往的种种，还是感到极为压抑，且不寒而栗。虽然那时他并不会对她拳脚相加，也不用恶毒语言咒骂。她那时也没意识到他是在对她使用冷暴力，她始终都竭力想维持那段婚姻，但她总是觉得不开心。

他只是动动嘴，有时候甚至连嘴都不动，就是沉默，这样就能让骆琳倍感压力，甚至恐惧。他使用的是冷暴力。冷暴力的破坏力也很强。而对于冷暴力，现有的法律还无可奈何，提供不了帮助。

冷暴力其实比暴力更加可怕。如果他动手打她，关系肯定是维持不下去了，她会一走了之，不会长期在痛苦中煎熬。冷暴力就像温水煮青蛙，让人在不知不觉之中慢慢地消耗掉

自己的自信和自尊。

冷暴力就是精神虐待。凡是通过恐吓、羞辱、语言或身体威胁来控制他人的行为都属于虐待，不是非得挨打才叫虐待。

身体虐待的武器是拳头，精神虐待的武器是语言。亲密关系中偶尔爆发的坏情绪，或者在气头上说得难听的话绝不是虐待。虐待是一方对另一方持续不断地进行伤害。长期进行语言虐待，会对一个人的心理健康造成巨大的影响。

在冷暴力的关系中，施虐方通过不断地冷落、嘲讽、轻蔑等手段来欺凌和控制受虐的一方，而受虐方在持续的受虐中，人格和自尊严重受损，思维方式被彻底改变，甚至患上严重的心理疾病。

一、一场完整的精神虐待是怎样展开和发展的

有一对这样的夫妻。丈夫对外人总是温文尔雅，但在职场上一直没有得到升职。妻子的收入和社会地位本来与他相当，但妻子得到了升职，成了公司高管。从此，丈夫对待妻子开始变得刻薄冷漠起来，总是抱怨妻子不顾家。妻子尽一切可能挤出时间照顾家庭，想获得丈夫认可，可丈夫依然一脸嫌弃，且对她越来越冰冷。

后来妻子甚至发现，丈夫有了外遇。而当她和丈夫对峙的时候，丈夫竟然把搞外遇的原因推到妻子身上，说是妻子冷落了他。妻子终于决定离婚，然而即便是面临离婚，丈夫

依然是一副置身事外的样子,而且逢人便说妻子的不是,还在公开场合对妻子冷嘲热讽、给妻子难堪。终于,在一次宴会上,再次遭到丈夫嘲讽的妻子,彻底爆发了。然而全场的亲朋好友却说妻子歇斯底里,反应过度。妻子一下瘫软在地大哭起来,而丈夫全程都一副事不关己的样子。

在上面这个案例中,丈夫从始至终都没有使用任何过激的语言或者行为,他表现给人的态度其实只有两个词:冷漠和刻薄。他任何一个行为看似都不是什么大罪。但其实,这就是精神虐待。经历这种虐待的人,最后往往会像故事中的妻子一样无助、痛苦,甚至最终导致精神崩溃。

二、什么样的人擅长使用冷暴力

男性在婚姻关系中更善于使用冷暴力。有一类男人,他们能够与一位固定的伴侣长期厮守,白头到老,但他们需要掌控伴侣,而不是被伴侣爱慕。

这一类男人在人际交往中明白事理,左右逢源,对别人满脸客气,彬彬有礼。但他们是两面人,在家里,他们是另一副样子,他们不会用武力对付自己的伴侣,但他们的武器是语言和情绪。不知道这种男人是否能从他们强加于伴侣身上的痛苦中获得快感,真是那样的话,那他们就是虐待狂了。

这种男人属于控制型男人,骆琳的前夫仕庆就是这类男人的典型代表。他并不会暴怒、发狂、砸东西、打人,但总是拉着长长的冷脸,脚步一迈进家里,脸色马上就晴转多云。婚后,骆琳已经养成了习惯性地去观察他脸色的动作了。未结婚之前的骆琳,是从来不懂得察言观色的。那么,控制型男人是如何实施控制的?

事无巨细,都要过问

仕庆总是在家居整洁的问题上吹毛求疵,不允许地面上有一根掉落的头发,一旦发现有一根毛发,他就会捡起来,拿到骆琳的面前质问她:"这是什么?"

偶尔有一根头发掉落地上,是难免的。骆琳已经很努力地维持家中的整洁了,但还是不能够满足他的要求。她觉得在这个问题上他是故意刁难的,他对家的环境整洁已经发展到一种偏执的苛求了。

仕庆还在其他生活细节上跟她过不去,例如,他不允许她洗他的衣服,理由是:她用洗衣机洗衣服,而不是手洗。洗衣机在把衣服洗完之后,顺便压干,会把他的衣服弄皱,而他的衣服是必须笔挺的,他不希望自己的衣服有一丝皱纹。

仕庆当然希望她能够每天帮他熨衣服,但骆琳做不到。她也有自己的事业,她自己的衣服都从来不熨,怎有时间和精力天天去帮他熨衣服?退而求其次也可,仕庆要求必须在洗完衣服后,把他的衣服泡在水里,然后湿漉漉地提起来,抖直,再挂起来晾干,这样做,衣服干了之后就跟熨过一样笔挺了。

这真是折磨人,骆琳还是做不到。谁都是图方便,把洗好的衣服直接从洗衣机里拿出来晾。骆琳没法满足他的严格要求，所以他就不允许她洗他的衣服了，他自己来，亲力亲为，没有例外。

此外，仕庆总是在一些鸡毛蒜皮的小事上，毫不妥协。有一次，骆琳买了一个汤勺。仕庆嫌弃那个勺子买大了，绝不肯使用那个勺子，只要他看到骆琳使用这个勺子，他就执意换另一个他自己买的来使用。生活上的小事，他也锱铢必较，太可怕了。

这个男人的挑剔，实际上是不允许妻子在花钱上有半点的自由意志，如果买东西的主意不是他抓的，他就拒绝使用这东西，真够绝的。一般男人都是管大事，这些家庭琐事，一般男人都不愿意去管，可仕庆不是这样。他非要管，而且没有半点将就和妥协。

在控制型男人眼中，商量和妥协是不存在的，如果说这是一场你死我活的较量，他必须赢，对方必须缴械投降。这种权力失衡是夫妻关系中的一个永恒的主题。

妻子的所思所想，所作所为，与谁交往，一切都要由他说了算。难怪为了换取男人的爱和认可，连许多事业有成、精明强干的女人都不承认自己的才智和能力了。

当然没有人能够绝对控制另一个人，因此控制型男人的诉求往往不能得逞，于是他会产生挫败感和愤怒情绪，有时候这种愤怒被他巧妙地掩饰过去，但有时候，这种愤怒就会以冷暴力的形式表现出来。

冷嘲热讽

控制型男人并非个个都是气势汹汹，扯着嗓子恶语相向。他们惯用的办法是冷嘲热讽，横挑鼻子竖挑眼，找对方茬儿等方式来折磨人。这种精神虐待方式格外隐秘，因为它往往是打着教育女人如何为人处世的幌子。

仕庆只有中专学历，而骆琳的学历是全日制大学本科。仕庆的学历比骆琳的还差半截呢！骆琳从小就是个学霸，读的都是最好的学校，家境也比他好。骆琳的娘家在县城。而仕庆的家在农村，家境贫寒，他唯一过得去的条件是在现城有一份稳定的工作。仕庆毫无特长，如果硬是给他找点特长的话，他做事特别细致，细致到啰唆、烦琐。

在仕庆心情好的时候，也会主动做饭，但他做饭前要求骆琳把厨房的卫生搞得干干净净的，他才开始做。他做饭慢得很，一丝不苟。做完饭之后，厨房也要保持干干净净，仿佛没有做过饭一样。如此细致繁琐，这就决定了仕庆不可能经常做饭，做饭的频率是一日三次的，等仕庆做好一顿饭，骆琳等得饥肠辘辘，最后连吃的兴趣都没有了。

仕庆很想在智商方面压骆琳一头，但他找不到任何优势可以压过骆琳，只能够在日常生活中的细枝末节上打压骆琳。骆琳对自己的智商很有自信，不为所动。尽管在智商上打击不了骆琳，但骆琳总有死穴。仕庆很容易就找到骆琳的死穴，且不遗余力地对她的缺点进行持续的打击。

结婚之后，骆琳就很少买新衣服了，一来怕仕庆说她喜欢乱花钱，二来婚后身材变胖了，再怎么打扮也没以前好看了，所以骆琳才三十出头，就穿得像个四五十岁的大妈一样。

骆琳越是不打扮自己，仕庆就越是嫌弃她的身材，说她长得像个皮球。其实骆琳未婚时，是一个非常美貌的女子，但是婚后迅速沦为一个虚胖大妈。

仕庆还嫌弃骆琳性格内向，孤僻，不会交际，整天待在家里，一点也不活泼。在这一方面，骆琳承认自己是弱势。但骆琳还有很多优点，骆琳的优点仕庆仿佛一个也看不到，眼中只盯着她的缺点。

为了推卸虐待辱骂伴侣的责任，控制型男人往往会树立一个不现实的理想对象，让伴侣按照这个标准去做。在他们的婚姻生活中，骆琳的性格缺点是一个永不过时的话题，仕庆以法官自居，来评判骆琳的一举一动。仕庆的所作所为对骆琳造成了毁灭性的打击，她已经开始认同了仕庆对她的负面评价了，她现在的任务就是努力改过自新，好达到仕庆的标准。

这样的语言虐待好比滴水石穿，最初几滴没什么要紧，不过，久而久之，日积月累，便会在石头上留下深深的抹不去的沟痕。与此同理，控制型男人没完没了地批评和找碴儿，也渐渐毁掉伴侣的自信和自我评价，腐蚀她的心灵。

如果打压她不奏效，那他就用抬高自己这一招。他很吝啬，但绝对不肯承认自己的吝啬，往往是说别人吝啬来反衬自己很大方，事实上，他一点也不大方。在买菜的时候，他可以为了一根葱在市场上跟卖菜的女人争吵起来。

经济封锁

钱不单纯是可以购买东西，还暗含着诸多情感和象征意义，一个人掌管多少钱往往表明婚姻中另一个人对他的信任程度，因为那个挣到钱、分配钱、决定如何花钱的人一般掌握着家里的经济大权，在这种情况下，钱远远不是货币那么简单，钱象征着能力、身份和自由，同时也代表着夫妻关系中爱的多寡，因为给不给钱也是衡量爱意的一种方式。一些女人常常说，如果他肯在我身上花钱，就说明他爱我。

骆琳有工作，有收入，所以她几乎不问仕庆要家用，都是用自己的工资来买菜。仕庆知道骆琳有工资，所以也从来不主动给骆琳家用。有时候骆琳想起来问他要家用，他才给一点，如果骆琳不问，他就装作不记得了。他的钱自己保管，却不会为这个家随便添置什么东西。刚结婚的时候连电视机都不买，而是过了几年才买。他的理由是家的空间小，不能买那么多东西塞满狭窄的空间。

他不肯花自己的钱就算了，骆琳也不是很在意，没跟他争吵，但是骆琳花自己的钱买东西，也要受他的干预。骆琳喜欢买书，这在仕庆看来，就是浪费钱，骆琳多买几本书了，他就会有微词。

刚结婚的时候，骆琳会主动给他买衣服，但他并不领情，原因是骆琳买的衣服并不符合他的审美观，无论骆琳买的衣服质量多好，他都不会去穿那件衣服。他严格坚持自己的穿衣原则，不会因为衣服是妻子买的，为了感谢妻子的好意而去穿。最后,骆琳只好把衣服送了别人,从此骆琳发誓再也不给他买衣服了,以免自讨无趣。

有一次,他们一起去逛家具城,想买一张饭桌,逛了很久,仕庆都没有决定要买哪一款。逛得骆琳没了耐心,她不想再逛下去了,就自己下决定买了一款饭桌回家。当时仕庆并没有提出反对,但是回家之后,就对这款饭桌横挑鼻子竖挑眼了,提出诸多的缺点。说得这款饭桌简直就是糟透了,一无是处。

三、爱情是碗迷魂汤,爱他成瘾,成了依赖

与控制型男人相处,女人为了享受一段美好的时光不得不忍气吞声,累了只能往肚子里咽,遭受着精神折磨却又不愿脱身,爱得如火如荼,难舍难分。

控制型男人的嫉妒心,和占有欲会把女方限制在一个小得不能再小的世界里,借机提高他在女方心中的地位,从而进入一个恶性循环。女方越是依赖他,他的地位就越高,他的地位越高,女方越是愿意为他放弃一切,要是没了他,女方的人生就一无所有,于是女方深陷其中,不能自拔。

大多数人都认为遭到丈夫虐待的女性迟早会跟对方分手,不过与控制型男人在一起的女人却恰恰相反。控制型男人一会儿甜言蜜语,努力照顾家庭,一会儿恶语相向,蛮横霸道,反而让女人欲罢不能。

玩过老虎机的人应该还记得一旦开始玩以后，自己怎么也挪不开脚步的情形吧？你舍不得走，因为你坚信自己随时能赢一把，这种期待让你欲罢不能，它时不时地让你尝点小甜头，吊足你的胃口。与控制型男人相处，时而仿佛在云端，时而如坠深渊。不知道什么时候能够得到他的爱，又不确定他什么时候会虐待自己，这种纠结的心情让女人欲罢不能，无所适从。

与控制型男人相处的女人的最大愿望，莫过于希望男人有朝一日突然回心转意。她们幻想着男人会把自己揽在怀里说："我错了，我对不起你，请你原谅我，我爱你，以后再也不冲你发脾气了。从今天起，我们从头来过，好不好？"女人都抱着这一线希望。

时态向着更严重的方向发展。后来，骆琳莫名其妙地得了恐惧症。如果手中无事，两人安静地坐在客厅里的时候，骆琳最怕的是听到仕庆叫她名字，因为叫名字是一个开始，意味着仕庆要正式对她摊牌了，通常在这种时候，他都会提出要跟她离婚。

他提离婚已经不是第一次了，早在过完蜜月时，他就开始提离婚了。那时候他说他要退货，他买错货了。骆琳没有把这些话当真，觉得他是无理取闹。他们都年纪不小了，好不容易才结婚，怎么能够把婚姻当儿戏呢？况且他家赤贫，在农村，他娶她不花一分钱，现在还住在她单位的房子里，他那样的赤贫条件再想娶什么样的好老婆呢？难道他想娶天仙吗？骆琳的心中充满不解。

每当听到仕庆在安静中叫她的名字的时候,她下意识里就认为这又会展开新一轮的离婚谈判了。她感觉到一股恐惧感瞬间从心间涌起,然后迅速冲向头顶,像水一样漫过头顶,把她淹没,她感到快要昏厥了。从此,她就落下了恐惧症的毛病。

她觉得自己的恐惧症类似于"广场恐惧症"。她最害怕去的地方是超市,在超市那种即空旷又人多的场所,周围都是陌生人,她怕自己的恐惧症在这里突发,她害怕自己会晕倒在那里,虽然人很多,但他们定不会对她施以援手的。最让她害怕的还不是晕倒,而是她想控制这种恐惧感的出现,而控制不了。她不知道那种突如其来的恐惧感会在哪个时刻爆发,这才是她最害怕的,这导致她不敢离开家门。

她患上了严重的心理疾病而不敢跟任何人说,也没跟仕庆吐露半句。她知道仕庆是不会同情和关心她的,所以她选择默默忍受,然而她并没有意识到这些毛病是仕庆对她的精神虐待造成的,还以为是自己不争气生病了。她不去求助任何人,包括自己的父母。她认为父母也是不会同情她的,这个世界是无人可求的。

四、施虐者和受虐者是"天生一对"

在健康的人际关系中,双方是彼此互相尊重的。正是彼此心中的那份尊重,才能制约双方中的任何一方的权力膨胀。

所以，在可能引发精神虐待的关系中，只要你能够感知到对方的不尊重，而后迅速从这段关系里脱离出来，精神虐待就不会发生。

只有下面两种人，才可能在精神虐待的权力框架中越陷越深。一种是带有施虐倾向的恶毒自恋型人格，另一种是带有受虐倾向的忧郁型人格。仕庆和骆琳刚好符合这两种人格。难道他们是天生一对吗？

带有施虐倾向的恶毒自恋型人格，有两个特点，一是侵略性或者说伤害性；二是恶毒自恋。

法国精神病学家艾伯托·恩古尔对恶毒自恋者的行为和心理有个描述。他说，这种人是以破碎的形式活着的人。他们从小就把自己精神中健全的部分和受伤的部分隔绝开来，通过这种方式来保护自己。所以世界在他们眼里是两个极端，非黑即白、非好即坏，而他们已经习惯了把坏的部分投射给别人，这可以让他们自我感觉良好。他们没办法进入健康的关系当中，所以只能通过构建有害的、恶意虐待的框架，去和别人建立关系。而这一种关系的构建目的，要么是占有后控制，要么是索性彻底毁掉。

恶毒自恋者的心理源头究竟是什么呢？

据调查这类人在小的时候，遭受过心理创伤，导致了独立人格受损。这一种受损，需要通过控制和凌虐他人来获得补偿，而缺乏同理心这一点，也让他们在凌虐的时候，完全不会手软。这也解释了为什么受虐方身上，总是会有一些让施虐方自尊心受损的要素。比如骆琳的学历比仕庆的高，骆琳的才华比仕庆突出，骆琳的家境比仕庆的好，这些因素都让仕庆产生嫉妒，而为了补偿这一种自尊受损，仕庆就在生活上不断对骆琳施压。

什么样的人更加容易被恶毒自恋者捕获，成为他精神虐待的猎物呢？

施虐者的猎物，往往天性都过于善良，凡事都责怪自己，习惯于从自己身上找原因。德国精神病学家胡贝图斯·泰伦巴克把这种性格总结为"忧郁型性格"。

忧郁型性格的核心特质是深度自卑。他们极其缺乏自信，所以非常容易被羞耻感和罪恶感包裹。他们总想追求稳定有秩序的关系，因为他们的内心容易动摇和恐慌。他们总是想方设法去奉献自己，来博取身边人的好感。

忧郁型人格总是相信这世上是好人多，所以显得天真单纯，他们没法想象面前的施虐者会真的拥有一种具有破坏性的、虐待性的人格。反而会拼命为对方寻找开脱的理由，如果对方不满意，就责怪自己做得不够好。尤其是施虐者又常常表现出一副受害者的样子，这也会激发忧郁型人格的保护心理。总而言之，这一类人其实是因为缺乏自信，所以才觉得有义务去做更多的事，而后给大家留下好印象。

比如在卡夫卡的长篇小说《审判》中，主人公约瑟夫就是一个深度的忧郁型人格，他在被无故指控犯罪之后，虽然不知道自己犯了什么罪，但他没有去怀疑是给他定罪的制度机器和法庭出了问题，而是一直在自己身上找原因。直至到最后，他甚至开始怀疑是自己的记忆出了问题，以此来说服自己相信，其实自己是一个罪犯。

骆琳的性格符合以上所说的一切，骆琳虽然拥有众多的优点，但在内心却很自卑。因为她有一个性格暴躁的妈妈，对她的心灵成长造成创伤。

与仕庆的婚姻生活让骆琳感到身心疲惫，痛不欲生，她愿意不惜一切代价来避免这种痛苦，哪怕忍受仕庆的无理取闹。

但无论骆琳多么痛苦，仕庆始终都认为她的痛苦是她咎由自取的。骆琳越是忍让就越没有地位，于是她更加孤苦无依，变得惶惶不可终日了。

为了不让自己生活在这种痛苦和惶恐之中，骆琳的心理都产生了复杂的变化，因为她的幸福感取决于仕庆的心情，所以她不能将自己的伴侣看成是冷酷无情，蛮不讲理的人，必须认为他是充满爱的。为此，她必须改变对自己和对伴侣的看法，如此一来，在她的眼中的这段关系就是没有缺点和错误的了。下一步，也是最危险的一步，就是说服自己"他这样对我，是我咎由自取的"。

爱和恐惧感像两条绳索那样牢牢地束缚着骆琳的心理。她明知道自己受到虐待，却编出种种理由为他开脱，事情到了这种地步，她其实已经沦为折磨自己的帮凶，她暂时舍弃了自己的理性判断能力，和控制型男人合伙欺负自己，同时还想方设法为他的行为开脱。这个过程就是成为同谋的过程。

细思控制型男人的内心动机，我们不难发现，他们虐待伴侣不过是为了掩饰他对女人极度的惶恐。他们深陷对女人的爱的渴望和对女人根深蒂固的恐惧之间，始终无法适从。

这些男人和我们一样，都需要感情的关爱，希望被人爱，渴望安全感，作为成年人，我们靠身体的亲昵，感情交流和抚养子女来满足这些需求。但对于控制型男人来说，这些渴望让他们感到恐惧。他们想与女人亲近这一正常的需要，又掺杂着担心她利用感情将自己俘虏。控制型男人暗自认为，如果自己爱一个女人，这个女人就会利用他的爱占有和伤害他，最后又抛弃他。他一旦赋予了这个女人这些无上神秘的权威，女人就会成为他心头的一大祸患。

为了打消这些顾虑，控制型男人往往下意识地压制他生命中女人的权威。他有一个隐秘的信仰，只要他能打压女人的自信，她就能像自己依赖女人一样，乖乖的依赖自己，女人就没了底气，自然离不开他，这也打消了他担心自己被抛弃的顾虑。所有这些强烈又矛盾的情绪，使得控制型男人的伴侣不仅仅是他深爱的女人，也是他的出气筒，是他恐惧、担心和仇视的对象。

最后，仕庆还是出轨了，他出轨的对象是一个没有文化，没工作，年纪还比他大几岁，还带着几个拖油瓶的离婚女人。他使这个离婚的女人怀孕了，由于他是公务人员，他怕这个女人闹，使他丢了工作，所以他到法院起诉跟骆琳离婚。骆琳不肯离婚，觉得天都要塌下来了。最后，法院判了离婚。仕庆迅速结婚了，那女人给他生下了一个儿子。

骆琳离婚之后，她的恐惧症却奇迹般地好了，再也没有发生过。再过几年，骆琳的性格越来越开朗，她彻底地从这段婚姻的阴霾之中走出来了。回首往事，骆琳觉得那场婚姻就像一场噩梦。好在自己已经从噩梦中醒来！

当爱情成为消费品,就有了保质期

最近娱乐圈又爆出消息:某四十岁女明星又有了新男友,她的新男友比她小 16 岁。有人在网上做了一个统计:她出道 20 年,正牌男友加上绯闻对象,一共 16 任。其中,12 任年纪比她小,只有四任的年龄比她大或者与她同岁。有人说她很专一,她的心始终专一在年龄处于 24 岁左右的男生身上。

出道 20 年来,她不能说是情路坎坷,更应该说是情路多姿多彩!

她只喜欢找年龄比自己小的男友吗?其实并不是。在她年轻的时候,她也找过比自己大两岁的男友。但是随着她的年龄渐长,跟她年龄相仿的异性都纷纷结婚了,或者都有了固定的伴侣。而她一直不结婚,恋情也不稳定,她的喜好又偏于年轻的异性,所以就要不断向下找了。

一、为什么她的男友可以永远年轻

为什么她的男友可以永远年轻？因为她有名有钱呀！虽然网上有人说，新男友看中的并不是她的钱。他甚至表示自己在国外长大，起初并不知道她是明星。而她也是第一次见面只觉得对方很酷，之后慢慢深入了解，才走到一起的。但历史学家司马迁说过一句话——"天下熙熙，皆为利来；天下攘攘，皆为利往。"是不会错的。如果她只是一个普通人，那么多的年轻帅小伙子会与她发展成为恋人吗？那是不会的。

事实上老男人找小萝莉，需要经济实力作为后盾；同理，老女人找小伙子，也需要经济实力作为支撑。

像她这样有钱有名的女人，自己的长相也不差，要找比自己年轻的男友，并不是难事，许多男人都会对她趋之若鹜。何况她还是娱乐圈的"励志姐"，刚出道就红遍亚洲，虽然后来惨遭公司雪藏，但仍然坚持奋斗在娱乐界的第一线。其实她本不用这么拼命的，因为她是名副其实的富二代。

通常来讲，男人无论年龄如何增长，他们喜欢的还是20多岁的年轻女性。但女人喜欢的，大多数还是跟自己年纪相仿的男人。现实中，相差十岁的姐弟恋并不常见。过半姐弟恋的年龄差都在3岁以内，超过5岁就比较少见了。

并非女人生来就不喜欢找比自己小的男人，如果条件允许，女人跟男人一样都喜欢年轻漂亮的对象。对女人来讲，肥胖秃顶的油腻中老年男人，哪里比得起二十多岁的小鲜肉赏心悦目，深获其心呢？

古往今来，并非独此一人有喜欢年轻男性。历史上著名的女皇帝武则天，在年近七旬时，还宠幸了张易之、张昌宗两兄弟。张氏两兄弟出身官宦人家，有知识有文化，有礼仪有修养。风度翩翩、温文尔雅、聪明伶俐、英俊帅气，他们吹拉弹唱，样样精通，美貌与才华集于一身，而且精力旺盛，非常符合武则天的要求，于是武则天对这两兄弟宠爱有加，封他们为三品官员，让他们每天陪伴左右。

人的欲望，古往今来都没有太大的变化。现代人在衣食住行等需求都被满足了之后，就开始了对美的追求。现代发达的娱乐业就是为满足人们对美的追求的。无论男女，无论年龄大小，大多数人都是属于外貌协会的。但现实中女人一般不找比自己年龄小十多岁的男人，是因为女人更要从长远来考虑问题。男人和女人的生理构造是不一样的。男人一辈子都有生育能力，而女人的年龄过了 45 岁，就难有生育能力了。到五十多岁绝经之后，大多数女人就连性欲也会逐渐消失不见的。此时的女人，如果找的是比自己小十多岁的对象，那就不能满足对象的性欲需求了。性生活不合拍，也就难有幸福可言。

二、是真爱可贵，还是找人陪自己一段路足矣

有些女性想找小鲜肉来陪自己一段路，这并不是难事，难的是坚持一段长期的感情。四十岁的御姐，还在小鲜肉身上流连忘返，沉迷男色，然而，新男友又能维系几年呢？能有五年、十年吗？等到她50岁时，和三十多岁的小伙子还能生活和谐吗？等到她们60岁之后呢？到那时，不是找不到小鲜肉，只要舍得在小鲜肉身上砸钱，就一定能找得到，但那还是真爱吗？

法国当代最著名女作家杜拉斯，她66岁那年，一个27岁、名叫杨.安德烈亚的男人来到了她身边。在此之前，杨看了杜拉斯的作品，就爱上了这个已经不再年轻的女人。他给杜拉斯写了许多信，足足写了两年，终于等到杜拉斯的回复。于是，两人见面了，见面的第一晚两人就做爱了。但杨真正爱慕的是杜拉斯的才华，而不是杜拉斯那具已经衰老的肉身。后来他尽量避免跟杜拉斯做爱，而是努力地鼓励她不停地写作！他真正爱的是她的作品。真的有能够跨越巨大年纪差距的爱情吗？很难。正如杜拉斯后来说：爱只会存在片刻，随后便四散纷飞。

"爱只会存在片刻，随后便四散纷飞"。也许，爱情最初是真的，后来就慢慢变成假的了。

妇人不能把太多的时间浪费在花美男的身上了，不好

好地珍惜时间，好好经营一段长期的感情，到头来孤独终老的一定是女人自己。女人没有多少时间可以浪费！如果不能沉淀下来，好好地经营一段感情，随着时间的流逝，美貌会消失，生育能力会消失，众多优势也会逐渐变成劣势，就像《猴子下山》的故事中的猴子那样，见一个新的就丢弃一个旧的，到头来是捡了芝麻丢了西瓜。

很多事情不是非要等到老了才明白，很多事情是可以预见的，在自己未老的时候，就做好准备，不要等到一切都来不及了才开始追悔莫及。

人终归是要建立一段长期的感情的。除非可以一个人孤独终老。女人还是要趁自己还年轻，生一两个孩子，建立一个稳固的家庭，经营一段长久的亲密关系。享受有人陪伴的快乐，享受有家的温暖，这才是今生的幸福所在啊！

但是进入后工业时代，社会物质极大丰富了，信息资源也极为丰富了，却有越来越多的人选择了独居。爱情也成了消费品，这时的爱情不再是终身制的了。一个价值几万元的奢侈品包包，你一般会佩戴多久？一年半载，或者几年时间不等。爱情也差不多就是这个保质期了。有更悲观的讲法，那就是在台湾版的电视剧《流星花园》里，西门说爱情的保质期只有一个星期。

三、只有真爱才能穿越岁月的尘埃，陪你到老

美国剧作家斯蒂芬·松德海姆曾经写过一个音乐剧，叫《公主走进黑森林》。音乐剧的第一幕，是我们熟悉的童话故事。灰姑娘嫁给了王子，长发公主被从塔里拯救出来了，小红帽从大灰狼的口中逃脱。所有的故事，都有完美的结局。

可是故事的第二幕，每个角色都开始对自己的现状感到不满了，都希望得到别的东西。在嫁给王子以后，灰姑娘感到空虚，想通过策划一个节目来寻找生活的意义。她对白马王子的幻想破灭了，而王子对灰姑娘和她的欲望也感到厌倦，希望自己当初追求的是睡美人。长发公主变成了母亲，原生家庭带给她的影响让她变得歇斯底里，而她的王子丈夫开始对她感到恐惧，渐渐疏远了她。小红帽更是对祖母的死深感绝望。她们都漫无目的地在森林里游荡，希望能找到新的希望。

如果说亲密关系的开始，就像是我们熟悉的童话故事，王子和公主幸福地生活在一起了，那么随着亲密关系的发展，他们或许会进入人性最真实的黑森林。

在人性的黑森林里，有爱的甜蜜，也有出轨的痛苦；有成长的喜悦，也有迟到的领悟；有难言的委屈，也有意外的感动；有欲望和挫折，也有平静和失落。唯一没有的就是一个故事情节非常完美的剧本。

这个音乐剧所讲述的故事不是任何别人的故事，它是你和你的伴侣的故事，是你们在每一次的互动中共同写成的故事。只有你们才能决定自己在这个黑森林里找到的是怪物还是宝藏。

无论如何，亲密关系是一个发展的故事，它不是一蹴而就的，也没有什么是理所当然的，关系是在不断发展的。原来确认过眼神的人，慢慢也会变成不对的，原来是不那么对的人，到后来也会慢慢变成对的，好的感情需要两个人经历很多事，跨越过很多难关才能获得。亲密关系要经历四个时期才能稳固。

英国心理学大师杰夫·艾伦在他的著作《亲密关系的秘密》里说，亲密关系会经历四个阶段：蜜月期、权力竞争期、死亡期和伙伴期。

在蜜月期，人们会被爱情冲昏头脑，他们会为找到彼此而满心欢喜。可是这段时间很快就会过去。当蜜月的光环褪去，伴侣们就慢慢进入了权力的斗争期，在一次次徒劳的斗争中，他们越来越发现伴侣的面目可憎，无法容忍。他们开始变得倔强，非要说服对方变成自己心目中的样子才会甘心。这背后，有他们心中最深的渴望——他们希望伴侣能够满足他们。

权力斗争久了，两人也累了，关系就会进入死亡期。那位女明星和她的众多男友之间的关系，就是在死亡期这个阶段止步了，他们没有继续往下走，他们选择了分手。

而大多数人没办法像那位女明星那样能够有更多的选择，他们和伴侣只好继续往前走，但关系的质量也不高。这时候，两人已经失去争吵的动力了，他们放弃了去寻找自己的亲密关系，而学着模仿亲密关系的范本来经营婚姻，内心最真实的需要和感受被忽略了，取而代之的是怎么做才是最得体的，恰如其分的，像是一对恩爱夫妻的样子。

人们进入了一段假性的亲密关系，他们努力表现出应该成为的样子，可是他们心里的某些部分，又知道这不是真的爱情，对方的魅力已经丧失殆尽，自己也不再能够吸引对方。这时候很多人会出轨，离婚，想要逃离家庭，重新找到爱的激情。

如果能够幸运地跨越这一阶段，亲密关系就进入了一个新的时期。在伙伴期，人们会重新找到跟彼此的相处方式，重新跟彼此连接，人们会找到一个好的位置，相依相伴，独立又亲密地在一起。

我们究竟靠什么穿越死亡期呢？是靠对自己和伙伴的重新发现，以及对人的重新发现。正是这个重新发现，让自己和自己，自己和伴侣，和世界和解。有人说，爱情就是一次次重新爱上同一个人，就是这个道理。愿所有的人和他们的伴侣都能够在黑森林里找到宝藏。

能够互相创造价值的关系，才叫人脉关系

说到人脉关系，很多人马上就联想到自己怎么去利用别人。是的，这样想并没有错，建立人脉关系的最终目的就是用来为自己服务的。错的是这样想太直接了，忽视了一个关键的中间环节，那就是你要先去帮助别人，才能换来别人的帮助，而不是直接让别人来帮助你。

清朝晚期，一些人脉通达的中国商人开始穿梭于外商和官府之间，从中获取利益，胡雪岩就是其中之一。因此他又被称为"红顶商人"，即是"官商"的意思。

胡雪岩曾说过：从前他还是一个钱庄小伙计的时候，下雨天在路上遇到陌生人没有带伞，他会主动跑过去帮他们打伞。久而久之，到后来的下雨天，他甚至可以不用拿伞出去了，因为街上的人都会为他打伞，甚至借伞给他。街上的人

此前都曾受过他的一伞之惠，这会儿轮到那些受惠之人回报他了。

一、真正的人脉关系不是求人，而是互相帮助

雪中送炭，雨中送伞，不仅仅是个温暖的故事，不仅仅是个充满道德教化的成语，它还包含着更深层次的意义：被帮助的那个人真的会铭记一生。相互帮助，帮人即是帮自己，就是这条法则帮助胡雪岩成就了一番大业。其实中国是一个人情社会，如果你想要成就一番事业，光靠自己是不行的，只有人脉经营得好，才能获得更大的成功，所以一定要选择相互帮助，只有帮助别人，别人才会在你危难时给你帮助。

为什么有些人很容易拥有好的人脉关系，而有些人却是在落难的时候，叫天不应叫地不灵呢？构建人脉关系不能急功近利，临时抱佛脚，而应该未雨绸缪。

在电视剧《胡雪岩》里，胡雪岩并不是主动去巴结朝廷命官左宗棠的，而是适逢左宗棠攻打太平军，既缺钱又缺粮，于是左宗棠就派手下的人到处去找富商们借钱，但富商们一分钱都不肯借钱给他。可是偏偏就有一个人是例外的，他就是胡雪岩。那时候的胡雪岩还不是老板，只是钱庄里的伙计。他在没有征得自家老板的同意之下，就答应把两千两银子借给了官方，解了左宗棠的燃眉之急。

是胡雪岩首先帮助了地位比自己高的左宗棠，而不是地

位低的胡雪岩拿着钱硬去巴结地位高的左宗棠。像左宗棠这样的名臣，一般的商人是巴结不到的。只有左宗棠处在非常危急的关头，胡雪岩才有这样的机会，可遇而不可求。

胡雪岩帮左宗棠付出的代价，就是老板把他辞退了。但这个代价非常值得，换来的是他与左宗棠一生的交往。左宗棠手中有权，也有购买需求，所以胡雪岩的生意越做越大。而胡雪岩赚到大钱之后，继续拿钱支持左宗棠打仗，乃至支持左宗棠收复新疆。胡雪岩为左宗棠创造了价值，而左宗棠为胡雪岩创造了更多的价值。他们就是在这样的互相帮助中双双达到了人生的顶峰。

虽然他们的交往在外人看来是属于不折不扣的"官商勾结"，但左宗棠并没有从中谋取私利，他所做的一切都是为了国家，这是不折不扣的事实。胡雪岩在国家困难时期，尽心尽力办了一些实事，也从中捞到了不少好处。胡雪岩作为一个商人，商人是逐利的，他不可能不捞好处，但他对这个国家仍然是有一份功劳的。

所以不要在思想上先入为主，把搭建人脉关系想成是去求人来帮自己，而应该是自己先迈出第一步，去帮助别人。给予比索取更重要。

对待人脉关系，无非是两种态度，一种是积极搭建人脉关系，另一种是冷淡处之，认为人脉关系无关紧要。当然，这世上还是持第一种态度的人多。

人通常是急功近利的，一看到对自己有用的人，就拼命往上凑，特别热情。对地位比自己高的人就是谄媚，对地位不如自己的人就爱理不理。功利的人热衷去参加各种会议和活动，目的就是去结识人脉。换位思考一下，如果是你，你希望在会议上被这种人结识吗？你喜欢把这样的人当朋友吗？大多数人的答案都是一个字：不。

与之相反的一种人，他们的态度正义凛然，看不上搞人脉关系。他们把经营人脉看作是投机钻营。一听说搞人脉就觉得是在搞关系，溜须拍马。他们认为，成功要靠自己好好努力，要走正道，是金子总会发光，不去搞那些歪门邪道。

其实，以上两种人都对人脉的理解有一定偏差。搞好人脉其实不是说要溜须拍马，或者说是希望别人打破规则给自己好处。人脉之所以重要，是和这个世界的基本运作规律有关。所有的事情其实都是由人在经营和运作，是由人驱动的。如果你没有一个良好的关系，简单的事情也就变得复杂了，人际关系处理得好，复杂的事情也能化繁为简，把问题解决。

当今社会，一个人的成功已经不是靠单打独斗就能够成功的时代了，你需要和其他优秀的人一起合作，才能够走向成功或者成功得更快。在这个奋斗的过程中，人脉就显得特别重要。这是从合作的层面来看人脉关系的。

从另一个层面来看，人脉的重要性还体现在信息优势上。如今的社会，信息已经成为一种硬通货，信息的获取速度和质量决定了一个人的行动的优势，甚至决定了他能不能在接下来的竞争中采取正确的策略，而人脉网络的广泛与否就在很大程度影响了他获取信息的正确性和有效性。那么如果还不重视人脉，未来可能就会处于竞争劣势。既然人脉这么重要，究竟怎么样做才能有效地管理人脉呢？

二、勇敢地踏出去，是搭建人脉关系的第一步

我们都想认识更优秀的人，但我们迟迟没有行动，是因为我们都有一个心理障碍，就是觉得自己那么积极地去认识优秀的人，无非是想在恰当的时候去利用别人，而一味地想着怎么去利用别人，这是不好的，这种心理阻碍了我们的行动。那么什么才是好的呢？帮助别人。其实只要抱着去帮助别人的心态去拓展人脉关系，那么一切就好办很多了。

阻碍我们迈出第一步的想法还有：通常我们会觉得比我们优秀的人可能会很忙，和我们的距离很遥远，我们不敢去接触他们。有这样的想法并不奇怪，但不能让这些想法拉住了你到脚步。正确到做法是，只要有想要认识的人，就勇敢去认识，别想太多，最糟糕的情况无非是被拒绝，你不去接触，连被拒绝的机会都没有。

还有一种阻碍我们的想法是：人家是大名人，地位那么高，我哪能帮得上别人呢？如果你这么想，那就大错特错了，因为没有一个人喜欢和总是想占自己便宜的人打交道。从另一个方面来讲，每个人都有自己独特的优势，都能够给别人提供帮助。任何人都不是全能和完美的，优秀的人只是在某一个领域很优秀，而在其他领域，他就不那么优秀了。而人的需求是全方位的，比我们优秀的人，其实也需要我们去帮

助他。

有一位父亲，因为家里很穷，所以很难有钱给儿子买玩具。有一次在回家的路上，他看到路边的房子门前的垃圾堆里有一个坏掉的玩具车。于是他下了车把这个玩具车捡起来，然后敲开住户的门对主人说："我看您家里的垃圾堆里面有一辆坏掉的玩具车，您介意我把它拿走吗？我觉得我可以把它修好，然后能够送给我儿子。如果我儿子有一辆这样的玩具车，他一定会非常开心的。"

在这个过程中，这位父亲一点都没有自卑，反而是非常大方地和这家的女主人攀谈。结果女主人不仅把玩具给了他，而且还另外给了他一辆自己不骑、但舍不得扔掉的质量很好的自行车。这位父亲拿到了玩具车和自行车，而女主人也因为合理地处置了她的闲置物品而觉得很开心，两全其美，皆大欢喜，而这一切来自于他按下门铃的勇气。

受恐惧左右而不敢冒险的人是很难成功的。所以，无论在什么时候，只要有可能获得更好机会，都应该勇敢地去尝试。

其实仔细一想，如果你去接触别人，最糟糕的情况无非是被人拒绝，但也有可能是你结识了一个更高层次的新人脉，而你不去接触就什么都没有，只会留下后悔和遗憾。当你感到恐惧时，请想一想那辆玩具车吧，其实事情并没那么困难。当然了，要认识优秀的人也不是只有勇气就行，有勇还得有谋，要不，见了面你能和对方说些什么呢？其实这也是有窍门的。

三、把一面之交的弱关系变成能够深入合作的强关系

我们在日常生活中会遇到许多只有一面之缘的人，这些人来去匆匆，稍纵即逝，而这些人当中可能有很多是值得我们去深交的人，那么怎么做才能和这些人把关系进一步深化呢？事实上，最初的接触只是给了我们一个切入点，而要从这个切入点进一步突破，把关系深化，需要紧紧把握住三个方面，可以让处于弱关系阶段的友情变得深刻，那就是健康、财富和孩子。

每个人都很关心自己的健康、自己的财富和自己的孩子。马斯洛认为每个人的需求都是低层次的需求满足之后，高层次的需求才会引起注意，而在低层次的需求当中，健康、财富和孩子是属于最基本的安全需求。帮助别人实现最基本的安全需求，其实就是让他们有机会在需求的金字塔上往更高层次上前进。如果你能这样为他人考虑，对方自然会特别喜欢和你交往。

我的熟人梅子做服装生意做得特别好，如今许多实体服装店都被网购冲击，纷纷倒闭，但她的小店依然屹立不倒。她是怎么做到的呢？其实梅子是一个人脉高手。梅子原先是在这家服装店当员工的，但由于女老板经营不善，小店每况愈下，后来女老板干脆不干了，就转手了店铺。此时，梅子就把店接下来，自己成了老板。小店到了梅子的手里，很快

就风生水起，生意兴旺。

梅子有个儿子，她对儿子的学习情况非常关心，每到假期，她都不吝啬补课费把儿子送去任教老师那里补课。她这样做，一来可以让儿子提高成绩，二来可以趁机跟老师打好关系。儿子读到哪一年级，她就和哪一级的老师搞好关系，寒来暑往，一年又一年，随着儿子的长大，她和儿子学校里的老师也都基本熟络了，这也为她的小店带来了顾客。

每当有老师来到她的小店试穿衣服，她都热情地为她们服务，卖给老师的衣服，价格都很优惠，有时甚至是半送半卖。她这样做并不吃亏，因为在一个小县城里，女教师们就是服装市场的强有力购买者，而且女教师们还会为她做宣传。一传十十传百，整个县城的女公务员，女教师，女白领都来她的小店消费了。

当梅子的儿子读到小学五年级的时候，他的同桌刚好是学校一位中层女领导黎主任的儿子。梅子的儿子语文成绩好，老师是有意安排他和黎主任的儿子坐在一起，让梅子的儿子多带带黎主任的儿子写作文。梅子的儿子也乐于助人。梅子建议儿子邀请黎主任的儿子来家里一起阅读课外书籍，以提高写作的水平。因为两个孩子学在一起玩在一起了，梅子跟学校的领导层也接触多了起来，一来二往，两个家长也成了朋友。这一年正遇上市里搞一个"最美 XX 少年"的评选活动，学校里有不多的几个名额，黎主任就把其中的一个名额给了梅子的儿子。其实梅子的儿子也配得上这称号，但是学校那么多人，符合条件的人还是不少，如果不是梅子人脉关系好的话，就可能轮不到她的儿子了。梅子能够在儿子的成长路上为他争到这份弥足珍贵的荣誉，对儿子的鼓励是无法用金钱去衡量的。你看，聪明的女人，利用人际关系不但把生意做了，而且还把儿子培养得非常优秀。这真是一举两得，一箭双雕啊！

　　要发展深入的关系，给予比索取重要得多。一个关键的技巧，就是不要等着别人请你帮忙，而是当你发现别人有需求时就直接帮！我们对交往的人付出了多少，就能得到多少回报。换句话说，想要交朋友，就得要为朋友的事情行动起来，而这些事情是要付出你的时间、精力和关心的，但也只有这样，才能让你和他们关系进一步深入发展。

　　很多人认为要深入关系，就是带别人出去吃顿好的，打打高尔夫球等就行了，其实不然。这些活动只能提供一些交谈的机会，但是交谈什么，怎么样发展关系，需要想办法找到彼此共同都感兴趣的话题，然后展开探讨。

　　借助共同的联系点维持并加深与他人的关系。开启一段关系并不难，如何维持甚至加深与他人的关系才是最难的。加深关系往往需要突破口，最简单的办法就是找到彼此的共同联系点，投其所好，这种联系可以是一个人、一个爱好，甚至是一本书。

四、管理人脉关系时须坚持多样性原则

当你结识了很多优秀的人之后，就涉及如何管理人脉了。搭建人脉关系必须坚持多样性原则。

社交圈的力量大，一部分力量来自于关系的多样性。假设你认识十个朋友，朋友之间彼此不认识，你和每个朋友的关系便都是单线联系。但如果你让十个朋友间彼此建立联系，那么你们就是一个关系网，一旦某一个关系暂时断开，其他渠道都是通畅的，所有人都能从这个关系网中受益。所以真正的价值是来自于你对别人而言是不可或缺的，你应当成为你人脉圈中那个电话接线员，尽可能把你的信息、你的资源、你的善意传递给不同领域的人，在他们之间建立联系，这样你才会拥有更大的空间和更多的可能性。这就是人脉圈的多样性原则。

最好用的人脉管理方法是分类联系法。我们认识的人越来越多之后，你什么时候和他们联系呢？怎么样能够督促自己和别人保持联系呢？根据接触的频度来分类，建立不同的亲密等级。比如，首先把自己所有的人脉、朋友进行了分类，可以分成五大类，分别是：私交、顾客、准顾客、重要的合作伙伴以及渴望认识的人。私交就是指好朋友和熟人，和他们的联系可以有规律，不需要专门地去管理。而客户和准客户、重要伙伴，就必须保持比较频繁的联系。而渴望认识的

人，就需要想办法主动地去联系。

结识新朋友，不忘旧朋友。现在交朋友都流行小团体，有些人很容易喜新厌旧，这阵子跟这一拨人玩得很好，过了一阵子又跟另一拨人走得比较近了，慢慢就疏远了原先的那一拨人了。交朋友应该喜新不厌旧。如果最近联系比较少了，可以主动安排一个时间出来吃个饭聊个天。再好的感情基础，如果缺乏维护，还是会渐行渐远的，异地的朋友，平时应该注意他们在网络社交媒体上的动态，如果对方有机会来到你所在的城市，或者你有机会到对方所在的城市，就尽可能制造见面的机会，这样，朋友的存在感就刷出来了。

说到底，人脉是一种成全自己也成全别人的活动。但要避免目的性太强的交际方式。虽说我们都已经习惯了职场社交的客套，但人的内心深处，还是会期待交到真朋友，所以过分露骨的功利式的交往，是不可能建立起真正的人脉关系的。

婚姻是一场坚韧的修行

当今中国的离婚率越来越高了，爱情和婚姻显得越来越脆弱。许多人不再相信爱情，成了恐婚一族。导致这种现象的出现，原因很多，最重要的一点是：当今社会变化太快，来自社交网络的诱惑无处不在，人们接受到异性发出的求偶或者求欢的信息波涛汹涌，泛滥成灾。看似选择多了，其实人们也在为更多的选择付出代价。已婚的人士更容易出轨了，未婚的人士因选择多起来了，反而会举棋不定犹豫不前。在我看来，美好的婚姻不是天生的，那是一场坚韧的修行。

一、出轨不需要理由,可能仅仅因为需要一点刺激

结束有明显缺陷的婚姻,不足为惜。然而现在很多看来很完美的婚姻也都无疾而终,那就太可惜了。像梁静茹的婚姻,看起来那么完美,要啥有啥,样样都不缺,可是他们还是离婚了。而且这样的例子还越来越多,比如马伊琍与文章,还有韩国的双宋——宋慧乔和宋仲基、具善惠和安宰贤,这才叫人扼腕叹息啊!

梁静茹、马伊琍、宋慧乔离婚都是因为男方出轨的。男方移情别恋,是女方不好吗?她们不够年轻吗?不够有魅力吗?不够温柔体贴吗?都不是,她们都是明星,是人中之凤。她们什么都不缺,她们在婚姻中也没有过错,却是被出轨的一方,这就让人不解了。

出轨满足了婚姻中一些没法满足的需要和欲望,所以许多人趋之若鹜。任何一段亲密关系,哪怕再好、再完美,也无法满足人们所有的需要和欲望。所以,出轨需要理由吗?不需要。有些出轨很单纯,就只是为了寻求一点刺激。

因为选择多了,人们才不会珍惜他们已经得到的!

有一些人明明有了一份很好的工作了,但还是把简历常年挂在猎头网上,去寻找新机会。那些男人已经娶了各方面都很优秀的女明星,但还是出轨。他们出轨的对象往往还处处不如原配。

过去贫穷的年代，人们没有太多的选择，一个人不能独活，要组织一个家庭才能活下去，只能将就，凑合着过，而且只要能活下去就可以了。现在物质丰富了，一个人也可以生活得下去，而且有了更高的追求。即使已经追求到了最好的配偶，也难免日久生厌，新鲜感过去之后，许多人会选择出轨。

心理学上有一个专有词："红色按钮综合征"。它反映的是，假定你生活在一个衣食无忧的环境中，想要什么就有什么，一切要求都可以被满足，只有一件事是被禁止的——不能按下你面前的红色按钮。但结果是很多人最后都没能忍住去按了红色按钮。

你可能会把出轨归结为花心，把跳槽归结为上进心强，把按下按钮归结为好奇心。其实，在这些心理背后，都有一个共同点：你在放纵自己的选择欲。即使你已经拿到了最佳选项，还是会产生选择的冲动。换句话说，你想要的，并不是那个最佳选项，而是选择本身。

二、出轨很刺激，但并不一定开心

出轨的人在出轨之初只知道出轨激情的一面，他们并没意识到他们要陷入两段感情的拉扯之中。他们也知道出轨会对家庭和另一半造成伤害，可只是停留在理念上，他们并不知道实际的伤害有多深。当出轨的人真真切切地经历这一切，感受到焦虑和痛苦的同时，他们也会怕的。出轨确实刺激，但并不快乐。

使我们苦闷的并不是婚姻，而是生活本身。想通过出轨来缓解烦闷的生活，那是办不到的。人生的虚无和无意义，恰恰是起源于我们有选择的自由，因为自由的代价，正是承担选择的结果。生活得不如意，并不会因为换了一个新人就绕过你，只会让你陷入无尽的深渊。

据福耀玻璃集团创始人、董事长曹德旺讲述，他在年轻时不曾满意自己的家庭，考虑过离婚，而且有了理想中的结婚对象。但曹德旺在行动之前，他先选了100对各行各业的夫妻做婚姻状况调查。结果发现，没有1对夫妇对自己的生活完全满意。很多看着幸福美满的人，私下的抱怨也并不比他少。他得出结论：再结多少次婚也没用，世上没有绝对的幸福。于是，他决定和结发妻子白头偕老。

曹德旺是处在强势地位的男人，如果他想离婚，离一百次婚再结一百次婚都可以。但他并不那样做，他选择了用理智来克服冲动和欲望。他明白：婚姻是一场坚韧的修行，并不是一场随心所欲的寻欢作乐。曹德旺是一个有道德和责任感的人。为什么他能够把事业做得那么大，这跟他的为人之道很有关系。

处在强势地位的女人，是不是就一点都不能忍受对方的出轨了呢？当然不是。马伊琍忍受了文章出轨很长时间，并给过他改过自新的机会，为力挽婚姻还以"且行且珍惜"作为回应。但文章的表现太令她失望了，最后她无奈才选择了离婚。

一个人可以获得什么样的婚姻，不在于遇到什么样的对象，根源完全在于自己。当初选择配偶的能力、管理婚姻的能力，和赋予家庭生活意义的能力，都会影响着婚姻的质量。智商够用，就可以解决婚姻中的一切难题，而不需要把婚姻单独拿出来当问题。打牌的时候，拿到手的牌不能变，但怎么打完全在于自己，有的人拿到一手好牌，却生生打成了烂牌，而有些人则恰好相反。

三、怎么把一手婚姻的烂牌打成一手好牌？

如果用经济活动来和婚姻做类比，人们通常会有两种态度。一种是投资者的态度，投资者努力甄选出好的公司，然后把时间和金钱投给公司，接下来就是等着收获了。如果回报不佳，投资者可以及时止损，退出这个项目，再另择项目重新开始。总的来说，投资者可以置身事外，不用直接插手企业的管理。

另一种态度就是创业者的态度。创业者对企业不可能置身事外，企业是他亲手创建的，就好比他的孩子，他要一路看着孩子的长大。企业遇到麻烦他要想尽办法扶持企业成长，不可能看着企业慢慢衰落。

用投资者的态度看待婚姻，婚姻好不好，是对方的问题，不是自己的问题。你会等着对方把事情做好，而用创业者的态度看待婚姻，婚姻好不好，那就不是对方的问题了，你要倾尽所有去解决创业中遇到的各种问题。你没有可以怪罪的人，也等不来别人去帮你，一切都必须是你亲力亲为。

一行禅师曾经说过："当你种莴苣的时候，如果它长得不好，你不会怪那棵莴苣，你会去找它长得不好的原因。它可能是需要施肥、浇水或者少晒点阳光。但是，如果我们和爱人产生了问题，我们却会归咎于对方。"

经营婚姻需要能力，就像管理者经营企业那样的能力。可以称之为婚姻力。婚姻力并不是天生就拥有，而是在经营婚姻的过程中培养起来的。并不存在一个天生的圆满家庭，好的家庭是要用创业者的态度去经营。好的家庭其实就是一个有修复能力的家庭。并没有一个家庭是没有冲突，没有问题的，只要这个家庭具备了修复冲突，解决问题的能力，它就是一个足够好的家庭。

现在女明星们的离婚与自强，催生了一个新词"离婚力"。什么是离婚力？就是在面临一段糟糕的婚姻关系时，拥有一种可以随时走人的能力，离开你，我依然可以过得很好。女人这辈子不一定要离婚，但一定要具备离婚力，不管年龄多大，不管生过几个孩子，都要有重新上路的能力。

不要羡慕别人的烟花，那只是一时的灿烂

　　现在的娱乐记者们就像狗仔一样，成天追着当红明星们报道，事无巨细，把明星身上发生的鸡毛蒜皮小事都扒出来给读者们看。有时无料可报还要无中生有，制造一些花边新闻以吸引读者的眼球。没办法，追星一族喜欢看嘛，正所谓没有买卖就没有杀害。

　　娱记们也喜欢把一些已经过气多时的明星的轶事一一罗列，逐个细数，总结成文，也甚有可观之处。什么十大嫁入豪门又被抛的女星，什么十大被骗财骗色的女星者云云。女明星们的八卦消息，看似无聊，实也颇具醒世作用。看完不免心生感叹：名利这条路，真是人生的捷径吗？千千万万拥有姿色的年轻女子，不惜一切代价争先恐后地去攀登这条崎岖险径，真的值得吗？有时候，它是一条不

归路啊!

那些过气的女星,她们过去的荣光和现时的落魄形成鲜明对比,的确令人触目惊心,观者无不产生"胜景不常,盛筵难再,美人迟暮"之感。

一、求名者,人无百日好,花无百日红

最令人动容的是昔日香港女演员蓝洁瑛。年轻时,她清纯貌美,曾被誉为"靓绝五台山"。由于性格孤傲,蓝洁瑛的从艺之路荆棘满途,也非常短暂,就像昙花一现,很快就被娱乐公司雪藏,以致无戏可拍。屋漏又遭连夜雨,1986年,与她正在热恋中的邓姓男子忽然开煤气自杀,离她而去。后来她与金牌司仪钟保罗相恋,钟保罗因为赌博负债跳楼自杀,从此蓝洁瑛的生活质量急剧下降,也开始沦落起来。

两任男友的死亡,对蓝洁瑛来说是挥之不去的阴影。在事业和爱情双双失败的打击之下,她精神失常了,每月靠领取救济金过活,最后落得年仅55岁就在家中孤独死去的下场。死亡多日,尸体发臭才被人发现。她生前不堪的生活境况,不断被媒体拍到,从而登上各大娱乐版块的头条。看她混成这样,我们也扼腕叹息!

蓝洁瑛满头白发,衣着邋遢,神情落寞,如无家可归的乞丐,流落在繁华的香港街头。真是一幅行走着的

醒世图啊！蓝洁瑛沦落到这样的悲惨境地，是当初谁也想不到的！

  许多曾红极一时的影视女明星，在淡出人们的视线之后，媒体也不再去关注她们了。想不到若干年后，她们却以我们不愿意看到的模样，重新出现在我们的视野之中。真心希望她们能够岁月静好，一生好运！当初，她们是上天的宠儿，她们拥有我们这些普通人没有的美貌、才艺，真心希望上天能够对她们网开一面，不使绝世佳人老，莫教风流才子穷！她们曾经集万千宠爱于一身，多么希望无论光阴如何流转，她们永远不会老去。就算会老，也希望她们能够优雅地老去。可是，这只是我们这些影迷们的一厢情愿痴心妄想。上天似乎要待每个人以公平，你曾历经繁华，你也要历尽落魄！

  当她们头上的光环淡褪，星光黯淡之后，原来她们也只是普通人一枚。遥想当年，她们华衣美食，香车宝马，前呼后拥，多少男人拜倒在她们的石榴裙下？但随着年华的老去，蜂拥的追求者四散，门前冷落车马稀。虽然有不少人老大嫁作商人妇，但有的竟也抓不住一个愿意跟自己一起老去的男人！当年赚到的钱，也经不住几年挥霍，变得入不敷出。

  清纯玉女杨采妮自从出道之日起，就非常受追捧，但她竟然放弃蒸蒸日上的演艺事业，和当时的男友开起了形象设计公司。公司没多长时间就遇到了经济问题，濒临破产。虽然杨采妮强撑几年，但依然不能挽救败局。实在没有办法，杨采妮只得重回老本行，当起演员。可惜韶华已逝，盛景难再，爱情成空，未来何易？

更有惨烈者被骗财骗色。台湾名模孟广美遇上老外骗子男友，卷走她毕生积蓄，落得人财两失，输得干干净净。王祖贤，当初以一身清丽入香江，可惜被红尘玷污，最后伤心远走他乡。她可是当年炙手可热万人追捧的女明星啊！她是我们年轻时候崇拜的偶像，如今却在他乡孤独老去，比普通人都不如了。时光逝去之后，我们才明白，一切富贵繁华皆是过眼云烟。

年轻时默默无名的女演员，当她在星途黯淡的时候，总是不惜一切代价，甚至接受潜规则，迫切希望红起来；但是红起来了，却可能又要遭遇起落的人生，令人唏嘘！如果岁月重来，她们还那么想做明星吗？她们会不会趁自己年轻美貌时早早嫁人，过一种平凡人简单宁静的幸福生活？

人生就是这样。年轻的时候，谁都不想过平淡的日子，就算是死路一条，也要向着那名利之途猛冲，只有岁月流逝，繁华落尽之后，我们才能拥有一颗平常心，才愿意去接受平淡，做一个平凡的人。

《红楼梦》不早已为我们描绘了富贵梦碎的凄凉场景了吗？但无论是谁，都是想去那富贵温柔之乡走一遭的！不经历过的人，又有谁能够早早看破，早早就大彻大悟呢？

人无百日好，花无百日红。有人总想永远都站在聚光灯下，成为万众瞩目的焦点，这是不可能的。再好看的戏也总有落幕的时候。时光如水，千帆过尽。一夜爆红的人，如夜晚的烟花，开出再灿烂的焰火终会消失不见。也许平平凡凡不是真，但平凡是常态，争奇斗艳，争来抢去，最后都归于平凡和宁静。宁静才是人生的本色。

演员这个职业更新换代太快了，能红超过十年二十年的演员少之又少。更多人的演艺生涯只是朝生暮死，昙花一现，你方唱罢我登场。那些有钱有势的人又如何呢，他们保证一辈子甚至几代人都盛况不衰吗？几乎不可能。

二、以色事人者，色衰而爱驰，爱弛则恩绝

看过王珞丹主演的电视剧《卫子夫》的观众都知道，卫子夫是大汉王朝的一代贤后，她的命运曲折而传奇，曾荣耀一时，但却以惨死为终结，令人动容。卫子夫本是汉武帝的姐姐平阳公主府中的歌女，一个偶然的机会，汉武帝来姐姐家中玩，见到了能歌善舞的卫子夫，非常喜欢她，就把她接回了皇宫。

而后十年，卫子夫深得宠爱，尊宠日隆，先后为汉武帝生下三女一男，后来被封为皇后，她生的儿子也被立为太子。由于卫子夫地位显赫，卫氏外戚迅速崛起。卫氏一门获得六人封侯的荣耀，贵震天下，民间遂有《天下为卫子夫歌》，歌曰："生男无喜，生女无怒，独不见卫子夫霸天下！"

此处的"霸"字不应理解为贬义词，而应该理解为褒义

词。"霸"字有一个意思是："霸者，长也。言为诸侯之长。"此意思不含贬义。"卫子夫霸天下"的意思其实是说卫子夫的地位非常尊贵，为天下人所共尊为人主。但贵如卫子夫，也未能逃脱被命运拨弄的结局，她的结局非常悲惨。

不是因为她恃宠而骄，也不是因为她有多蛮横，而是汉武帝喜新厌旧，刻薄寡恩。自古伴君如伴虎。汉武帝可以在宠爱她时给她最高的尊荣，也可以在厌弃她时把她打翻在地再踩上几脚，即使她毫无过错。古代的女子，命运就是如此无奈和悲惨。

卫子夫身驻汉宫四十九年，稳坐三十八年皇后之位，是中国历史上在皇后位时间第二长的女子，年轻时得到汉武帝多年的敬重和宠爱。然而到了公元前91年，卫皇后因色衰而爱弛，爱弛则恩绝，她和太子刘据同遭武帝冷落。奸佞之臣如江充之流最善于察言观色，因而趁机进谗言迫害刘据，以迎合圣意。起因是一次江充陪武帝前往甘泉宫，正巧遇上皇太子刘据的家臣坐着马车在驰道（驰道只允许皇帝的车马行驶）上行进，江充便抓其交官府处置。刘据得知，派人向江充求情放过，江充不予理睬，径直上奏，汉武帝表扬江充说："作为人臣应当如此！"对江充更加信任。此后，江充恃宠而骄，威震京师。从此江充就和太子结下了恩怨。

后来汉武帝在甘泉宫生病了，江充见汉武帝年老，担心武帝驾崩后自己会被刘据杀掉，因此先下手为强，设下奸计，欲先除掉太子。他上奏汉武帝说，皇帝生病是由巫蛊作祟引起，汉武帝就让江充负责调查此事，江充指使巫师事先埋下偶人，然后到处挖掘、搜寻地下埋的偶人。

不出所料，太子宫中竟然真的挖掘出一个桐木人，刘据惊恐，担心无法表明清白，于是先捉住江充，斩其首。刘据自知闯下大祸，便矫诏发动兵马自卫。后来太子兵败逃亡，被逼悬梁自尽。太子一门皆被杀戮，只有一个襁褓中的皇孙（即汉宣帝）幸存下来。卫皇后因帮助太子调兵，有同谋之罪，也悬梁自尽了。这场大乱，史称"巫蛊之祸"。

曾经被万人艳羡的卫子夫却落得如此凄凉的结局，令人深感痛惜。作为妻子，她小心翼翼地侍奉皇帝，贤惠而隐忍。作为母亲，她亲自教育孩子，培养出优秀的皇太子刘据。作为皇后，她母仪天下，把后宫管理得秩序井然，主宰着卫家的兴衰。很难想象一个出身卑微，没有家族背景的歌女能在皇宫里呆上半个世纪的时间，这一定与她的人格魅力和品质密不可分。但是那又怎样呢？美丽贤惠、聪明隐忍的女人已经自尽了，一切已不可逆转。古来红颜多薄命，美丽总是不能久驻，帝王的恩宠也就随风而逝。

三、德不配位者，权力越大处境就越危险

由汉武帝一手制造的巫蛊之祸才刚刚落下帷幕，还是由他亲手栽培起来的权臣霍光家族被族灭的故事又将粉墨登场了。

霍光是权倾三朝的大臣，汉武帝在位时得到武帝的信任，侍奉武帝二十多年毫无差错。武帝临死前，诏近臣托孤，命霍光辅佐年仅 8 岁的太子刘弗陵。刘弗陵即位后，是为汉昭帝霍光受其百倍信任。可惜汉昭帝英年早逝，无子继承皇位。霍光选择宗室刘贺为帝，但不够一个月霍光就把没有政治头脑不懂隐忍的刘贺废掉，改立刘询为帝，是为汉宣帝。

汉宣帝刚继位时，深知霍光及其家族多年积累下来的势力不好惹，不敢接受霍光还政，还由霍光主政，自己则选择隐忍以待时机。霍光有一个阴毒且贪婪的妻子霍显。她为了把自己的女儿霍成君立为皇后，就让人把汉宣帝深爱的许皇后毒死。许皇后死后，霍成君终于如愿以偿被立为皇后。但霍显还是贪心不足，她怂恿女儿毒害许皇后生的太子。太子由于有护卫的严密保护而幸免于难。霍显见事不如她愿就气得吐血，她的如意算盘是等自己的女儿生出儿子后被立为太子的。汉宣帝后来知道了这一切的真相，对霍家已是怀恨在心，只是畏惧霍光的权势暂时隐忍不发。

霍光死后，汉宣帝为他举行了浩大的葬礼，按照皇帝的标准把他葬在茂陵。然而，霍显习惯了骄奢淫逸，专横跋扈，不满意汉宣帝对霍光的厚葬，还想把坟墓扩大。一开始汉宣帝骄纵着霍氏一族，不断地给他们加官晋爵，计划等他们把罪恶积累到够大了，一举拿下。霍光死后，汉宣帝开始削弱霍家的势力，但平时娇惯的霍氏一族不甘心失去权势，他们不知收敛反而计划谋反，想拥立霍光的儿子霍禹为帝。结果事发，霍光的家族全部被灭，落得后继无人的悲惨下场。

在封建王朝时期，这样的故事屡见不鲜，几乎天天都在上演。仿佛古人永远都无法从前人的惨剧中悟出一些道理，总结一下教训。其实不是人不懂这些道理，而是人对权力的贪恋会随着权力的增大而水涨船高。权力带给人的刺激和快乐，跟现在我们打电子游戏的快乐是一样的，我们得到的快乐不会一直维持在同一个很高的水平上，人需要提高刺激的临界值，才能获得与原来一样的快乐。但反复刺激只能让边际效益越来越差，直到麻木，所以霍光和霍显即使已经权倾朝野了，却仍不满足于已经得到的权力。他们已经形成了对权力的依赖，需要不断提高权力的临界值，才能把快乐维持在一个较高的水平上。于是人成了权力的奴隶，所谓权力成瘾就是这样的过程。只有明智的人才知道，想要保持快感，需要节制，而不是不断地索取，滥用快乐。古希腊哲学家伊壁鸠鲁说，快乐的终极状态其实是适度安抚好欲望之后，达到精神上的宁静。

那么到了现代，情况会好起来了吗？并不会。现代人也并不比古人聪明许多，依然上演着和古代相同的戏码。人往往都是由俭入奢易，由奢入俭难。人的本性使然，克服人性是极其难得事情，今人做不到，古人更是做不到。此事古今同！

拥有权力，不应倚恃威权。拥有富贵，也不要纵情享乐。有人豪侠盖世，有人富可敌国，有人名震天下，但身外之物，都可转瞬即逝。富与贵如浮云耳！只有看淡世间的富与贵，名与利，远离纷争，拥有平静的内心，生活才能过得宁静而美好。

世上哪有那么多怀才不遇的人

有个毕业才两三年的大学生，进入一家只有五六个职员的小公司上班。干了不到一年就又离职了，这已经不是他第一次离职。亲友问他离职的原因，无非是抱怨公司管理太严格，要求早上八点必须到公司，迟到一分钟就要扣钱，还要求每天用文字来汇报工作。他还觉得自己的价值没有发挥出来，工资也原地踏步，所以想换一个环境。

不要被他说的一大堆公司的弊端所蒙蔽，其实干不长一份工作的真正原因在于他自己。不知道他有没有想过，公司只有那么几个人，老板为什么还要求那么严格？一定是这几个员工经常不遵守上下班时间，对公司没有主人翁的态度。对于自己所负责的工作的进度如何，他们也很少主动跟老板沟通。

如果他真的想在岗位上学到东西或提升能力，他就应该是来得最早离开最迟的那一个。他还会在意公司对他的时间要求吗？如果他每天主动向老板汇报项目进度，老板还会要求他每天用文字来汇报工作吗？

他这样的工作态度，其实是在混日子，这不是怀才不遇！这样下去恐怕他再跳几次槽都不会获得老板的赏识。

相反的例子是这样的：我的一个亲戚毕业于中国地质大学（武汉）的工业管理专业，毕业后就在离家乡近的深圳找工作。后来，他的大学同学，把他介绍到一个地大校友在北京开的小公司工作，这个公司那时也是刚刚起步，从事的是软件开发方面的业务。

我亲戚进入这家公司后，默默工作，从未跳槽，任劳任怨，经常加班加点，几乎每天熬夜，在这家公司一呆就是二十多年，陪伴着公司一步一步发展壮大，再到目前公司将要上市。而当初那个"介绍人"，在这家公司没干两三年就辞职另谋高就了，继续跳槽，跳来跳去，一会儿去广州，一会儿去重庆，几乎把中国各大城市都游历个遍，也没有安定下来，终无所成。而我的亲戚，现在是功成名就，他在公司得到了升迁，成为公司的技术总监和股东之一，房子车子面子底子，什么都有了。

世上哪有那么多怀才不遇的人？说自己怀才不遇，通常只是给自己找一个偷懒的借口而已。

一、耐得住寂寞的人，终被重用

在阅读历史书的时候，觉得古人怀才不遇的例子也很多，著名的例子就有大才的贾谊、董仲舒、司马迁、陶渊明等人。董仲舒写过《士不遇赋》，司马迁也写过《悲士不遇赋》，贾谊还被隔了许多代的王勃在《滕王阁序》中叹惜道："嗟乎！时运不济，命途多舛。冯唐易老，李广难封。屈贾谊于长沙，非无圣主；窜梁鸿于海曲，岂乏明时？"

贾谊是西汉初年著名的政治家、文学家。18岁即有才名，20出头便被汉文帝召为博士。不到一年就被破格提升为太中大夫（在皇帝身边负责进谏的官员，可谓皇帝的亲信）。但是到了23岁时，因贾谊的观点与群臣相悖，遭群臣忌恨，汉文帝渐渐疏远了他，贬他去做长沙王的老师。后来又被召回长安，做梁怀王的老师。梁怀王坠马而死后，贾谊歉疚抑郁而亡，年仅33岁。

贾谊生于盛世，亦遇明君，却还是被贬谪，所以王勃叹惜他时运不济，命运曲折不顺。其实是因为贾谊少年得志，年轻气盛，锋芒早露，性格正直刚强，又喜欢针砭时政，直言不讳，不善阿谀奉迎。但官场讲究笼络人心，贾谊经常得罪权贵，在朝中树敌太多。文帝天性谨慎，不想犯众怒，便敬贾谊而远之。不谙世故的贾谊在这样的环境中怎能不受排挤？所以苏轼在《贾谊论》一文中说他不善于运用自己的才华。苏轼把贾谊怀才不遇归咎于他自己,而不是别人。梁怀王坠马事故之后,贾谊悲观厌世,郁郁而终,死得太早。如果他能放开心怀,保持乐观的心态,多活几年,等到自己的智慧更趋成熟,肯定还会迎来命运的改观。到那时候,汉文帝很可能重新起用他。

相比于贾谊,司马迁就不幸太多了。司马迁的家族世代在朝廷当太史令,司马迁也子承父业做了汉武帝朝的太史令。一次汉武帝出兵打匈奴,派飞将军李广的孙子李陵带兵出征。非常不幸,李陵遭遇了匈奴的主力,被迫投降。消息传回汉朝,司马迁在汉武帝面前为李陵说了几句开脱的话,说李陵只是一时没有办法才诈降匈奴,只要有机会他一定会回归汉朝的。当时汉武帝正在气头上,一点都听不进司马迁的话,反而迁怒于司马迁,盛怒之下把司马迁打成死罪。按汉朝的法律,司马迁是可以用钱来赎罪的,但司马迁家贫,拿不出赎罪的钱,亲戚好友们也没有一个人肯帮他。他只好接受宫刑来抵死罪。宫刑对于一个男人来讲是奇耻大辱。但司马迁强忍着这奇耻大辱,完成一本大书——《史记》。司马迁蒙受奇耻大辱而没有选择自杀,是因为他胸怀大志,坚持到最后完成心中所愿。

写《史记》并非司马迁的本职工作。他的本职工作,第一是真实地记录本朝的历史,第二是掌管天文历法,此外还协助皇室和国家祭祀。所以司马迁不但得有丰富的史学知识,还要精通天文历法和占卜,是一个不可多得的综合型人才。《史记》属于司马迁个人的创作,并不是皇帝交给他的任务。

没有人逼着他工作，全凭自己的兴趣在坚持，司马迁这一坚持就是一辈子，难能可贵啊！

司马迁受尽苦难，终于苦尽甘来，他的书也差不多完成了，只差收尾的工作了。这时候，汉武帝突然派使者去召见司马迁，司马迁战战兢兢，如惊弓之鸟，生怕又再生变故，他叫家人把书稿整理好，藏之名山，等到合适的时候再拿出来传之其人，就匆忙去见皇上了。这一次，汉武帝并没有无中生有再次迫害他，而是要重用他。司马迁的毕生所学总算没有湮没无闻，他所受的苦也终将得到补偿。

汉武帝时通常使用宦官担任中书令，这一官职实际上就是皇帝的秘书长，负责在皇帝的书房整理文书档案，与皇帝有频繁接触的机会，所以位置很重要，权力也相应较大。司马迁担任过太史令，学识过人，并且受过宫刑，所以汉武帝让司马迁以太史公的身份兼任中书令。中书令在朝廷上的站位是在丞相之上的，这算是重用司马迁了。

此时汉武帝任命司马迁为中书令的原因有三：一是因为他已受宫刑，可以随时接受皇帝的召唤，自由出入皇宫，甚至日夜留宿宫中，也不会引出跟宫里的妃子私通的秽闻；二是因为他的文字功底深，完全能胜任这一职务，远比一般太监称职；三是汉武帝怒火消退后，出于对人才的爱惜，对司马迁进行补偿，也是为了安抚朝野读书人的心。

古人多有怀才不遇是因为古代使用人才的途径不多，大家都挤在官场这条途径上谋求官职，中国的地域广，人口众多，而进阶官场这个通道又那么狭窄，就像千千万万人过独木桥。古代的信息和交通也不畅通，知识的传播也不能普及，很多有才能的人没被发现，老死乡野；有才华的人，若没有高人推荐，也无法闻达于诸侯，扬名于后世，所以怀才不遇的人自然是多了去了。

二、采用合适的途径，让自己的才华插上翅膀

古人穷竟一途，羝羊触藩；而当今之时，世界宽广，思想敞亮，八方风至，通衢朗朗。知识插上互联网的双翅，个人的才华一飞冲天，变成网红也就是瞬息间的事情。这个时代不存在有才华而不被发现的可能，感叹自己怀才不遇的人，其实更需要反省一下自己的"才"，是不是别人需要的"才"，只要你的知识价值足够稀缺，有足够多的受众，那么只需要连上互联网，选择合适的变现模式，就不可能怀才不遇。是金子在这样开明通透的社会环境中就一定会发出光芒的。有大才的人，可以治国安邦，造福社会；有小才的人也可以找到适合自己的工作，安身立命，独善其身。各种人才都能有用武之地，何来怀才不遇？

学府之高，人才济济；江湖之远，亦有遗珠。最近我发现了一个脱口秀类的讲史节目，叫作《谷园讲通鉴》。该节目从2016年开播，一直坚持到现在，已经快满三年了，主播谷园先生讲得真不错。他形象好，口才佳，把历史故事讲得幽默活泼，接地气。他的幽默直逼易中天，他的形象远胜王立

群。虽然他不是学历史专业出身,又从事公务员职业,但并不能妨碍他成为一个出色的讲史者。

难能可贵的是他在做好自己的本职工作之余,长期坚持着自己的兴趣爱好。他必须通读《史记》《汉书》《资治通鉴》等历史典籍,才能把历史故事讲得那么顺溜。他的才华加上互联网的传播,终将会被更多的人所认识。他在讲史的过程中,把手稿整理成书出版,已经出版了《极简周易》《人生四书》《吃透曾国藩》《谷园讲通鉴:这才是战国》《谷园讲通鉴:这才是秦汉》等书。他即使没有很好的条件成名成家,但他没有抱怨自己怀才不遇,而是努力克服自己的弱势,积极发挥自己的所长,假以时日,他终会成为一代名家的。

马云也说:"我不相信怀才不遇这一说。怀才不遇是没有的,(除非)有人有一点才,但有种混蛋脾气。有才有德有能,有好奇心的人,一定能找到机会。人生有多少机会啊!每个领域都有。"

怀才不遇的人普遍都有恃才傲物的性格,这才是他们的致命伤。怀才不遇的人,无法克服人性种种的缺点,不去努力,不去坚持就轻易放弃,这才是他们一无所成的真正原因。也许他们怀的并不是才,而是不劳而获的心态。

精神空虚到底多有害

我曾经听过这样一件事。一个县城接二连三地发生入室盗窃案,盗贼将住户的名烟好酒、金银首饰、貂皮大衣、手机和平板电脑等一切值钱的东西一扫而空。

经警方努力侦查,终于把这一系列盗窃案件破了,抓到两名中年女性窃贼。一名是五十岁的王某,另一名是四十五岁的唐某。王某竟然是当地有头有脸的女企业家。她为什么会做出这等丢人现眼的事情?背后的原因发人深省。

王某现年五十岁,她的前半生可谓顺风顺水,扶摇直上。她八十年代考上大学,成为当时的天之骄子;九十年代下海经商,始终走在潮流的最前面。她自食其力白手起家,在成都经营中药材生意,年入百万。可就是这样一位万事顺遂名声在外的女强人,竟然摇身一变当上了梁上君子,亲手改写了自己后半生的命运。

一、一个人是怎么被空虚的精神腐蚀烂掉的

　　王某是怎样开始偷盗生涯的呢?原来自从她做生意有钱之后,便自满自足安于现状,整天沉迷于打麻将,药材生意也假手于人,不再亲自打理。有钱之后,她身边开始聚集起三教九流各色人等,有溜须拍马的,也有死皮赖脸求关照的。王某逐渐迷失在这样复杂的人际关系当中,也开始对自己的婚姻不满了,她不满于丈夫只有初中毕业的文凭,认为与自己的大学文凭不相匹配,后来她与丈夫离婚了,分给丈夫不菲的财产。

　　再后来王某就沾上了毒品。再有钱也经不住赌和毒的折腾,在毒海和赌场里几经沉浮,在赌博和毒品双管齐下的侵蚀中,王某的生意和金钱都化成了泡影。此后王某的生活质量急转而下,结交的人也变成了以偷盗为生的不三不四的人。在盗贼男友的影响下,她也在网上学会了开锁技术,走上了犯罪的道路。儿子在这种家庭环境的影响下,也走上了犯罪道路。一段美好人生和一个美满的家庭就这样毁了,可惜啊!

　　王某的堕落源于精神的空虚。当人类解决温饱,不再为食物而发愁时,就会面临另外一个大问题,那就是精神空虚。当王某取得了一定的成就之后,就找不到奋斗的目标了,变

得空虚后就用麻将来消遣时间。当麻将也不能让她感到刺激的时候,她需要寻求更大的刺激,于是用毒品来麻醉身心,就这样一步一步地走向倾家荡产。

王某有钱之后,过得并不幸福,因为她只满足于丰富的物质生活,而忽略了追求高尚的精神生活。她的精神生活非常低级趣味,热衷于和没有文化的人一样打麻将、赌博。虽然她读过大学,但高等教育并未拔高她的灵魂。

幸福感产生的源泉,被认为更主要来自精神生活而非物质享受。《红楼梦》中的贾宝玉,过着锦衣玉食的生活,是否幸福?贾宝玉过的那种应有尽有的物质生活,不能说是幸福的,因为他的精神很压抑。他不满于封建家庭对他走仕途的要求,封建家庭强加于他的婚姻也不是他想要的。只有物质生活而没有精神生活,是异常空虚的,甚至是异常痛苦的。精神空虚最可悲。一个人精神生活很空虚,即使物质生活很好,也不会有什么幸福感,反之,有了充实的精神生活,即使是物质生活艰苦些,同样会感到很幸福。

古往今来,这样的例子很多。西汉史学家班固在《汉书·景十三王传》中说:宴安为鸩毒,亡德而富贵,谓之不幸。意思是说:享乐而安逸的生活,其实是一种毒药;没有道德而富且贵,其实是一种不幸。人会在这种安逸生活中烂掉的。班固的这篇《景十三王传》是给汉景帝的十三个儿子作传的。他提出:"汉兴,至于孝平,诸侯王以百数,率多骄淫失道。何则?沉溺放恣之中,居势使然也。"汉朝兴起,到汉平帝的时候,被封为诸侯王的皇子皇孙可以用百来计算,这些人大多骄奢淫逸，失去道德。为何？因为他们沉溺于享乐，放纵自己的欲望，这是他们处在高高在上的地位所导致的。

汉景帝的十三个儿子多是些奢侈纵欲，无法无天的人。汉景帝的孙辈们更是恶行累累，劣迹斑斑。其中有个叫作刘定国的诸侯王，荒淫无耻，先是与庶母通奸，进而霸占弟媳，最后连自己的三个亲生女儿都不放过，威逼奸淫，伤风败俗。他不差女人玩啊，竟然在自己的家庭中行此乱伦兽行，实在是令今人匪夷所思；有个叫刘彭离的诸侯王甚至扮演起强盗去劫掠百姓。他不差钱啊，图的竟是过把当强盗的瘾。这些人生于富贵之家，精神空虚至此，也真是令人惊诧不已。

二、一个朝代是怎样被一群不思进取的人毁掉的

崛起于东北的女真人能骑善射，骁勇善战。在东北建立政权后，势力发展壮大，迅速南下攻入山海关，开启入主中原的进程。迁都北京后，逐渐建立起对全国的统治。清朝的统治者为曾经立下汗马功劳的八旗将士论功行赏，每月会给这些人发月钱。他们的后代也享受荫庇，从一落生，就领着朝廷发的银子过日子。正是因为这样的大包大揽，惯得八旗后人不思进取。

晚清时，八旗后人变得肩不能扛，手不能提，别说打仗了，连骑马都不会。所有生活上的大事小情，都是尽量能使

唤人就使唤人，在他们看来，自己生下来就是享福的。这是应该享受的祖宗的福荫。

八旗子弟一个个好逸恶劳，每天把琢磨怎么玩，怎么消遣当成正事。不是斗蛐蛐，提笼架鸟，就是下馆子、逛戏院，怎么舒坦怎么活，完全不知道勤俭节约，更不会算计着生活。他们还一个比一个讲究，越是会玩的，越能在子弟之间受到大家吹捧。

到鸦片侵入中华的时候，一批批八旗子弟，开始整天泡在大烟馆里。他们把手里的银子花光了，还没到领月钱的时候，他们就把家里祖宗留下来的东西，拿出去换钱。

晚清政府养着大批八旗子弟，就像养着一堆国家蛀虫，耗尽了大清的国库。有这样一群堕落的后人，难怪晚清没落了。晚清政府对八旗子弟大包大揽的照顾，其实是害了他们。

俗语有云：富不过三代。富不过三代是普遍现象，虽然现实生活中也有富过三代的例子，但却不多见。能富过三代，与国家、民族、社会的良好风气密切相关。

财富是优秀能干的人才创造的，也只有优秀能干的后代才能更好地继承、保住和增值财富。守业比创业更难，因为创业者大多从青少年时期就经过磨砺，从而锤炼了他们坚强的意志和杰出的才能，使他们能够成就大业。而其后一代面对的是已经富裕起来的家庭，没有经历过创业的艰难，很难懂得财富来之不易，如果没有良好的教育，很容易败掉家业。因此，没有人才辈出的家庭难以富过三代，没有人才辈出的企业难以长盛不衰，没有人才辈出的国家难以兴旺发达。

富过三代者是受良好风气熏陶的结果。尤其是良好的家庭风气对家族兴旺具有决定性的作用，因为家庭是人生的第一课堂。具有良好家风，如遵纪守法、艰苦奋斗、谦虚谨慎、好学奉献、心系社会等品德，这样的家族才能繁荣得更久远。

所以国家要不断提高人民的文化水平和道德修养，只有这个国家的大多数人都脱离了低级趣味，精神充实，国家才能长久兴旺。